Sibylle Lewitscharoff
Friedrich Meckseper

Pong redivivus

Insel Verlag

Insel-Bücherei Nr. 1383

Pong redivivus

I

Jawohl, Pong war gesprungen, einen kühnen Sprung hatte er gewagt, und zwar vom Dach seines Hauses aus dem Mond entgegen. Der Mond! Sich ihm zu nähern war schon lange sein Bestreben gewesen. Als ein Mondgeschöpf unvergleichlicher Art sah er sich, dem Mond gehörte all sein Trachten und Sehnen. Aber nein, das Schicksal hatte ihn gefoppt, wie schon so oft. Nicht auf dem Mond war er gelandet, sondern im Gezweig der Blutbuche, die dicht neben seinem Haus stand. Dort hatte er zitternd und verletzt gehangen, gar nicht der kühne, pläneschmiedende Pong, wie er sich selbst und andere ihn kannten, sondern ein Schmerzensbündel, zu dem Feuerwehrmänner eine Leiter hatten aufrichten müssen, um ihn von den Ästen zu heben, damit er mit Sirenenlärm ins Krankenhaus verfrachtet werden konnte. Immerhin, Pong hatte nicht vor Schmerz geschrien, obwohl ihm nach Schreien sehr wohl zumute gewesen war. Tapferkeit und Unbesieglichkeit, die seinen Charakter auszeichneten, waren ihm geblieben, selbst in hoher Not.

Nun also – nicht auf der genarbten Mondoberfläche war er gelandet, sondern in einem Krankenzimmer mit dürrem Gesteck an der Wand und etwas, das wohl nach Meer aussehen sollte, aber bloß ein bläuliches Kindergeschmier war. Um sich die neue Lage schönzureden, war er versucht zu sagen: Krankenhaus heißt die Devise!, aber eine Devise war es eigentlich nicht, denn mit irgendeinem Ritterkodex hatte sein Aufenthalt nicht das geringste zu tun. Eher war das ein Zwangseinschluß, wenn auch ein gutmütig von höherer Warte aus ersonnener, um sein gebrochenes Bein zu heilen. In eine völlig neue, ihm unbekannte Lage war er geraten, das Bein in einer komplizierten Apparatur hängend, er selber auf dem Rücken liegend, und kein Spielraum, sich auf die Seite zu drehen. Krankenhaus? Das hieß für ihn Siechenstation. Jedenfalls war es kein geeigneter Aufenthaltsort für einen Pong, ein Wesen von ungewöhnlicher Tatkraft und Energie, das normalerweise über ein geschmeidiges Spiel seiner Glieder verfügte. Gut, gut, als Säugling mochte er auf einer Entbindungsstation zur Welt gekommen sein, wie allgemein behauptet wurde, aber daran hatte er immer Zweifel gehabt. Und seine Zweifel, nein, seine Zweifel, die konnte ihm keiner nehmen. Als Ratschbürtiger, wie er sich selbst zu nennen pflegte, als ein Wesen, das ohne weitere Umstände, ohne Tralala in einem Ratsch zur Welt gekommen war, hatte er ein Krankenhaus bestimmt nicht nötig gehabt.

Aber Pong wäre nicht Pong, wenn er sich mit der neuen Lage nicht auch ein wenig angefreundet und seinen heimlichen Nutzen aus ihr gezogen hätte. Zum Beispiel gab es da zwei Krankenschwestern. Schwester Erika und Schwester Mandy. Die eine war dick und breit, die andere lang und dünn. Pong schuf ihre Maße um, schuf für beide ein ideales Maß. Für ihn natürlich kein Problem, an den jeweiligen Gestalten gewisse Verbesserungen vorzunehmen, zum Beispiel die kurze Dicke auf Kosten der langen Dünnen ein wenig zu strecken, von ihrem allzu üppigen Fleisch etwas an die Dünne abzugeben, die ohne weiteres mehr davon gebrauchen konnte. An der fleischigen Stupsnase der ursprünglich Dicken, alsbald aber schon ansehnlich Gestreckten gab es auch etwas abzuziehen. Pong machte *Wurr!* – er nannte das Vervollkommnen von Personen mittels Subtraktion und Addition sein persönliches *Wurren* –, und schon ward die Fleischnase von Schwester Erika etwas länger und zierlicher gebaut, während die allzu dünne Krummnase der ursprünglich dünnen Schwester Mandy eine vorteilhafte Glättung und leichte Schwellung erfuhr.

Elf Kilo zog er von der einen ab und schlug sie der anderen zu. Er verkleinerte und vergrößerte wechselweise ihre Busen. Der Mund der einen war viel zu voll geraten, der andere zu dünn, ein Strich nur. Auch hier schuf er Abhilfe. Als hätten sie Nachricht von einer erlösten Welt empfangen, hielten die Krankenschwestern manches Mal vor seinem Bett inne und wußten nicht, woher auf einmal so viel Schönheit über sie gekommen war. Mit Zeigefingern und Daumen bildete Pong ein Dreieck, durch dessen Seiten er die beiden, jeweils die eine, hernach die andere, betrachtete und neue Maßverhältnisse an ihnen zur Wirkung brachte. Bisweilen kam er sich vor wie Michelangelos Gottvater, über einen großen Zirkel gebeugt.

Natürlich sagte er zu den Schwestern kein Wort über die getroffenen Umschaffungen zu ihren Gunsten, das verstand sich ja von selbst. In der prekären Lage, in der sich Pong befand, wollte er nicht weiter auffallen. Es hatte schon genügt, daß zwei, drei Male ein männliches Weißkittelgeschöpf ihn besuchen gekommen war, nein, nicht zu fröhlichen Zwecken, sondern einzig und allein, um ihn auszuhorchen und womöglich irgendwelche Maßnahmen über ihn zu verhängen, die Pong keineswegs dienlich sein konnten. Der Mann (wenn es denn ein Mann war und kein verkleideter Arztsimulant auf Anraten des Teufels) war ihm auf der Stelle herzlich unsympathisch gewesen. Aber Pong war schlau. So leicht ließ er sich nicht hereinlegen. Er hatte sein allerfeinstes, allerhöflichstes Lächeln gelächelt und war dem Mann, der ihm mit abgefeimten Vernünfteleien gekommen war, so liebenswürdig begegnet, als würde er alle Sorgen der Welt, die der Mann sich scheinbar machte, auch sich selber machen, wovon allerdings keine Rede sein konnte. Pong blieb der, der er immer gewesen war. Ein Pläneschmied, ein waghalsiger Konstrukteur, auf Abenteuer aus und keineswegs auf den Beifall irgendwelcher hergelaufener Weißkittelmänner, die glaubten, wenn sie an ihm herumdokterten, hätten sie Rechte an ihm erworben und könnten ihre Maßnahmen als Erfolg verbuchen. Daß sie sein gebrochenes Bein heilten, ließ er sich gern gefallen, mehr nicht.

Er schlief schlecht, einige Nächte lang schlief er überhaupt nicht. Vielleicht, weil er die Pillen, die man ihm mit dem Abendessen in einem geviertelten Schälchen austeilte, nicht einnahm, sondern nur so tat, als würde er sie schlukken, sie aber alsbald ausspuckte und in einem schwarzen Täschchen verwahrte, das er während seines Sprungs um den Bauch geschnallt getragen hatte und das nun auf dem Nachttisch lag.

Und wieder hatte es eine Mondnacht gegeben, noch nicht bei voll erblühtem Mond, aber es hatte nicht viel dazu gefehlt. Pong sah auf dem Flachdach des gegenüberliegenden Hauses ein Rudel Rehe laufen mit einem großen Hirsch in ihrer Mitte, einem Zwölfender. Sein herrliches Geweih trug er mit Würde. Plötzlich wandte der Hirsch den Kopf zu ihm her und sah ihn aus vollkommen runden Augen an. Anmut und Beherrschung, und wer weiß, vielleicht sogar ein uneinholbares Weltwissen lagen in diesem Hirschblick. Pong fühlte sich sogleich erkannt, auserkoren und erkannt. Er und der Hirsch, sie wußten beide, wie es um die Welt stand und was not tat. Dann gab es eine kleine Turbulenz – ach, es ging viel zu schnell, denn Pong hätte sich gern noch eine Weile an dem Anblick geweidet –, da waren der Hirsch und seine Rehe wie von Zauberhand verschwunden.

Erregt blieb Pong zurück. Das Herz schlug wild in seiner Brust. War das eine Nacht! Eine Mondlektion war ihm erteilt worden, wenn auch nicht vom Mond selbst, sondern nur von ihm illuminiert. In der Nachschau kam ihm der Hirsch als das schönste Wesen vor, das ihm je begegnet war.

Bisweilen verspürte er einen unbändigen Juckreiz am Rücken, am Hintern und an Stellen, die er sich weigerte beim Namen zu nennen. Aber seine Selbstbeherrschung rettete ihn. Betrat eine Krankenschwester sein Zimmer, lächelte er sein unergründliches Pong-Lächeln und schwieg sich über seine Nöte aus.

Jeden Morgen versetzte ihn die Putzfrau in Schrecken. Sie war ein hartes Geschöpf, fuhrwerkte mit Mop und

Lappen derart rüde im Zimmer herum und unter seinem Bett, daß Pong von der Angst heimgesucht wurde, ein Stoß mit dem Mop könnte ihn aus dem Bett kippen. Auch redete sie unverständliches Zeug auf ihn ein, Kurzsätze, die wohl der Ermunterung dienen sollten, auf ihn aber eine gegenteilige Wirkung hatten, nämlich eine Schockwirkung. »Hammas wieder!« stieß sie hervor, und Pong glaubte sofort, er würde von den Palästinensern verschleppt und kein Lösegeld der Welt, schon gar nicht die ihm eigentlich wohlgesinnten Israelis, könnten ihn aus deren Klauen befreien.

War die Putzfrau endlich weg, kehrte Ruhe ein, die er für einen kurzen Morgenschlaf nützte. Als sie das erste Mal sein Zimmer verlassen hatte, war an Schlaf allerdings nicht zu denken gewesen. Sie hatte Eimer, Wischmop und Lappen gepackt und ihm das Wort »Jutilein!« entgegengeschleudert. Lange, lange hatte er grübeln müssen. Jutilein – hieß das womöglich *Jüdenlein*? Hatte sie ihn fälschlicherweise für einen Juden gehalten, in Unwissenheit darüber, daß Pong überhaupt keiner Volksgruppe angehörte? War sie eine von den Leuten, die auch das Wort Judenfurz gern benutzten, wie gewisse Anstreicher nach dem Krieg, die damit eine nicht korrekt überstrichene Stelle an der Wand meinten? Am nächsten Tag rief sie wieder »Jutilein!« quer über sein Bett hin, da sah er klarer und ärgerte sich darüber, daß ihm ein dummes Wort so viel nutzlose Denkarbeit abverlangt hatte.

Heute zögerte der Morgenschlaf, ihn zu übermannen. Er

trudelte nicht sofort weg, sondern verspürte das Bedürfnis, sich an die Dinge zu erinnern, die er in seiner Wohnung zurückgelassen hatte. Sie beruhigten ihn. Nicht irgendwelche Dinge, die quasi jedermann besitzt, nein, besondere Objekte, die intrikaten Zwecken dienten. Da war zum Beispiel der Spiegel. Schön umrahmt von Walnußholz mit einem Spitzdächlein und – waren es Säulen an den Rändern? Nein, keine Säulen, bestimmt keine Säulen. Pong kniff die Augen zusammen, um den Spiegel möglichst genau aus seinem Gedächtnis hervorzukramen.

In diesem keineswegs gewöhnlichen, sondern sehr besonderen Spiegel sah man sich gefleckt. Gefleckt wie ein Pardel, dachte Pong und mußte leise kichern, weil ihm das Wort *Pardel* außerordentlich gut gefiel. Golden und schwarz gefleckt, genau wie es um die eigene Seele stand, denn der Spiegel war ein Seelenspiegel, keiner, der auf gewöhnliche Weise, eben mal so lala, das Gesicht dessen wiedergab, der in ihn hineinschaute. War Pong in glanzvoller, hochgestimmter Verfassung, zeigte ihn der Spiegel betont von seiner goldenen Seite; glommen finstere Gedanken in ihm, trat die Schwärze des Spiegels mit Macht hervor und lieferte ein abgründiges Bild der Gedanken, die in seiner Seele wogten. Wie wäre es wohl, wenn ich gerade jetzt in ihn hineinblickte? überlegte Pong, aber zu einer abschließenden Betrachtung kam er nicht mehr, da sich nun doch der Schlaf einstellte und alle Pong-Gedanken, die neuen wie die alten, die bösen wie die guten, ihm an unsichtbaren Fäden aus dem Kopf gezogen wurden.

II

Er wurde geweckt. Die leidige Visite war aufgetaucht, ein Ballett aus eifrigen Assistenten, um den Oberarzt geschart, dem sie schöntun wollten. Zeigten sich Sorgenfalten auf der Stirn des Oberarztes, zeigten sich auch gleich Sorgenfalten auf den Stirnen der Assistenten. Wegen jeder Kleinigkeit, die dem Oberarztmund entwich, nickten sie, als wäre eine Offenbarung über sie gekommen. Der Oberarzt hatte ein kleines, sauber gestutztes Bärtchen, das Pong dermaßen zuwider war, daß er den Mann allenfalls heimlich mustern konnte. Der betrat mit dem immergleichen Satz das Zimmer, mit einem schallenden »Wie geht's uns denn heute«, was gar keine Frage war und worauf keine Antwort erwartet wurde, schon gar keine ausführliche. Pong wäre durchaus in der Lage gewesen, wortreich seinen Zustand zu beschreiben. Er hätte dem Kerl Bescheid stoßen, hätte saftige Begriffe dafür finden können, wie es einem zumute war, wenn das vergipste Bein hochhing und man sich kaum rühren konnte. Aber Pong wußte genau, daß es nichts, rein gar nichts mit der hingeworfenen Floskel auf sich hatte, auch wenn sie noch so scheinfröhlich herausgeschmettert wurde. Er begnügte sich damit, ein »Gut« hervorzupressen. Mehr wurde nicht von ihm verlangt, und zu mehr war er auch nicht zu bewegen.

Offenbar war man mit dem Lauf der Dinge zufrieden, der Oberarzt klopfte neckisch an sein Gipsbein, und weg hob sich das Ballett. Pong konnte sich wieder seinen Gedanken hingeben, die sich jetzt, am Morgen, allerdings zäher aneinanderreihten als während der Nacht. Hin und wieder wurde er von besonders unangenehmen Gedanken angefallen. Dann dachte er an Evmarie, die Frau, die er aufs Dach seines Hauses geschleppt hatte, damit sie ihm aus sorgsam umwickelten Händen Kinder gebar. Natürlich unter dem Einfluß des Mondes. Aber wer weiß, vielleicht hatte der Mond in dieser besonderen Nacht zu stark geleuchtet, denn statt einer zweckdienlichen Schar an Kindern war eine Kinderinvasion aus immer winzigeren Eiern geschlüpft, um an ihm hochzukriechen und seinen Leib zu verheeren. Pong versuchte, die Erinnerung daran abzuschütteln. So schmerzlich war sie, so sehr wühlte sie sein Innerstes auf.

Nicht schön, er mußte sich eingestehen, daß sein Plan gescheitert war. Ein großer Plan, nicht irgendeiner. Keiner, wie ihn Tausende, ja Millionen von Menschen hegen, die glauben, mit ein, zwei Kindern wären sie gesichert. Nichts dergleichen. Sein Plan war ein Plan zur Errichtung einer reinen Pong-Welt gewesen, in der für die üblichen versudelten Menschen kein Platz war. Um sich über ihn lustig zu machen, erschienen in diesem vermaledeiten Krankenhaus fast nur versudelte Menschen an seinem Bett, mit Ausnahme der von ihm persönlich korrigierten Schwestern Erika und Mandy. *Du hast mal wieder alles verpatzt*, lautete die Botschaft der Sudelexistenzen, die zwar nicht laut herausposaunt wurde, aber ihren Mienen konnte er entnehmen, daß sie exakt so und nicht anders von ihm dachten.

Bei Mandy und Erika hatte er übrigens noch weitere Änderungen im Sinn gehabt. Zwar behagte ihm der Name Erika, der Name Mandy aber nicht. Ob durch einen Austausch von Buchstaben, die gleichsam zwischen den Namen hin- und herwitschten, ein schönes Ergebnis zu erzielen war? Nach längerem Ausprobieren kam er auf *Maryke* und *Dinka*, aber das befriedigte ihn nicht ganz, und so kam er von weiteren Versuchen des Buchstabenaustauschs wieder ab. Auch wäre es befremdlich gewesen, wenn ihm bei den Schwestern die neu vergebenen Namen einfach so herausgerutscht wären. Er hätte sie bei ihren alten Namen ansprechen und den jeweils neuen Namen gedanklich mit aller Wucht über die ausgesprochenen Silben legen müssen. Als gesunder Mann hätte er dies spielend gekonnt. Aber in seinem doch etwas hinfälligen Zustand erschien ihm die Übung schwer. Vielleicht würde es ihm an Tagen gelingen, an denen er sich kräftiger fühlte.

Nein, er war nicht mehr der Alte. Kleinlaut kroch er in sich zusammen. Aus diesem Zustand mußte er sich unbedingt befreien. Sonst würde da alsbald eine Kleinmutsleiche im Bett liegen und kein tatkräftiger, weltlüsterner Pong. Einer, der sich auf die großen Rätsel verstand, der Mittel und Wege wußte, wie sie zu knacken und für seine Zwecke nutzbar zu machen waren.

Wenn er sich auf die Objekte besann, die zu Hause auf ihn warteten, ging es in seinem Gemüt rasch bergauf. Mit ihnen ließen sich gewisse Pläne, die noch gar nicht richtig herangereift waren, aber insgeheim schon auf ihren Austrag lauerten, in Taten umsetzen. Natürlich würde das alles noch ein bißchen dauern, denn zuerst mußte sein Bein wieder gesund werden und er das Krankenhaus verlassen.

Da war doch zum Beispiel – in diesem Augenblick platzte eine Schwester herein, die er noch nie gesehen hatte. Schwestern, die einfach so kamen, ohne daß er sie kennengelernt und gewisse Maßnahmen an ihnen hätte vornehmen können, um sie nach seinem Idealbild zu schaffen, regten ihn sehr auf. Die Neue trällerte vor sich hin: »So, jetzt gibt's Happi-Happi«, ließ das Tablett mit dem Essen zunächst auf dem Tisch am Fenster stehen, räumte von seinem Nachttisch alles weg und stellte das Tablett schließlich dort ab. »Sie kommen ja ran, nich'?« sagte sie noch, packte ihn am Nacken und schüttelte das Kissen hinter ihm zurecht, dann fiel die Tür hinter ihr ins Schloß.

Pong erschauerte. Urplötzlich war er schweißgebadet, ausgerechnet er, der sonst kaum schwitzte. Einen solchen Überraschungsangriff hatte er noch nie erlebt. Zur Beruhigung wiegte er den Kopf hin und her, murmelte klagende Laute vor sich hin. Noch war er viel zu zittrig, als daß er das Tablett hätte nehmen und auf der Bettdecke abstellen können. So was! Da kam eine rein und griff nach ihm. Als wäre er nicht Pong, sondern irgendein x-beliebiges Stück Fleisch. Irgendein kranker Dreck. Pong haderte schwer mit sich. Offenbar war seine Wirkung auf Menschen wie weggeblasen, so daß sie es wagten, sich ohne Vorwarnung an ihm zu schaffen zu machen.

Es dauerte, bis er sich beruhigt hatte und das Tablett auf

die Bettdecke verfrachten konnte. Als er die Hauben von den Tellern hob, erwartete ihn Schlimmes. Eine öde Suppe mit fabrikmäßig ausgestanzten Karottenteilchen, die grauenhaft roch. Ein Stück müdes Fleisch, dem man die Zähigkeit schon von weitem ansah, dazu Püree und eine scheußliche Soße. Ein Löffel Suppe genügte. Das Püree möglichst frei von Soße genügte. Er packte die Deckel wieder obenauf und stellte das Tablett auf dem Nachttisch ab. Aber der üble Geruch des Essens verfolgte ihn noch eine Weile.

Er nahm den Gedankenfaden wieder auf, der abgerissen worden war, als die Schwester hereinplatzte. Ein Objekt, das er jetzt gut hätte gebrauchen können, wartete in der Wohnung auf ihn. Sein Widrigkeitsfänger, der Widrigkeiten verschiedener Art auffing und neutralisierte, zum Beispiel schlechte Gerüche oder üble Gedanken, die man allerorten gegen ihn hegte. Ein aus zwei Teilen bestehendes Fanggerät mit umwickelten Drähten, die in die Höhe ragten, an den jeweiligen Enden zwei Blechfähnchen, die ein bißchen aussahen, als hätten Mäuse Löcher aus ihnen herausgebissen. Aber gerade auf diese Bißlöcher kam es an, denn in den Aussparungen sammelten sich die Widrigkeiten und wurden dann durch die gewickelten Drähte in den eigentlichen Doppel-Organismus überführt, wo sie nach dem Prinzip Positiv-Negativ, Negativ-Positiv unschädlich gemacht werden konnten. Der Apparat hätte ihm gerade jetzt gute Dienste leisten können, denn er hätte die üblen Essensgerüche in Nullkommanichts an sich gezogen und absorbiert.

Gerade hatte sich Pong so intensiv in diesen Wunderapparat versenkt, daß dieser allein durch Gedankenstimulation selbst an so entferntem Ort, an dem sich Pong jetzt befand, seine Kräfte spielen ließ, da platzte die neue Schwester wieder herein, um das Tablett abzuräumen. Nun war sie allerdings nicht mehr so brandneu, und dadurch war der Schock, den sie auslöste, um etwa zwei Prozent gemindert. Sie stellte alles wieder auf den Nachttisch zurück, dazu eine frische Flasche Mineralwasser und ein frisches Glas, was von Pong sehr begrüßt wurde und den Schrecken, der mit dieser Schwester einherging, um weitere zwei Prozent minderte.

Hätte das Gerät, das er jetzt schmerzlich vermißte, auf dem Nachttisch gestanden, wären alle, die ihn da so ungeniert überfielen, zur Vorsicht ermahnt worden. Heimlich hätte das Gerät eine erzieherische Wirkung ausgeübt. Die Leute hätten gar nicht gewußt, warum sie sich plötzlich anders benahmen, warum sie mit einer gewissen Scheu an Pongs Bett herantraten, auf Zehenspitzen und nicht im Sturmschritt. Gut möglich, daß sie das Gerät glatt übersehen und sich gar nicht hätten erklären können, warum mit einemmal das große Zögern über sie gekommen war, warum sie mit leiser Stimme sprachen und ihre Bewegungen mit allergrößter Vorsicht ausführten, um ja kein Wesen aufzuscheuchen, das sich vielleicht heimlich im Zimmer befinden mochte. Auch der fürchterliche Oberarzt wäre davon ergriffen worden. Er hätte seine immergleichen Sätze nicht mehr so herausgeschmettert, sondern mit einem feinen

Stimmchen, eher der Stimme eines Mädchens, vielleicht angemerkt, daß Pong ein nobler Patient war, der nobelste, der ihm je vor die Augen gekommen. Und daß er die Genesung Pongs, an der er keinesfalls zweifle, zu seiner höchstpersönlichen Angelegenheit machen werde. Alles andere müsse dahinter zurückstehen. Pong und kein anderer war der hochmögende, seiner Sorgfalt anvertraute Patient, und natürlich werde er sich beeifern, das Beste zu leisten, damit Pong alsbald umherspringen könne, wie er es gewohnt war.

Solch süßen Gedanken gab er sich hin. Sie lullten ihn ein, so daß er alsbald entschlummerte. Er mußte längere Zeit geschlafen haben, denn er wachte erst auf, als die neue Schwester wieder sein Zimmer betrat, »Tee oder Kaffee?« rief und ein Stück Kuchen auf den Nachttisch stellte. »Tee«, sagte Pong mit traumverhangener Stimme. Die Sturmschwester hatte ihn wohl nicht recht verstanden, denn sie rief noch einmal, diesmal überlaut: »Tee oder Kaffee?« Das Wörtlein Tee kam wieder halb erstickt aus seinem Mund, aber diesmal hatte sie ihn verstanden und füllte eine Tasse mit labbrigem Tee.

Doch, er hatte Hunger. Hunger wie ein Wolf. Der Streuselkuchen war eßbar, am liebsten hätte er noch ein zweites Stück vertilgt. Aber es ging ja nicht hin, daß er extra klingelte, um ein zweites Kuchenstück zu erbitten. Ich werde in all meinen elementaren Lebensäußerungen behindert, sagte sich Pong, es ist eine Schande. Was tun? Nichts konnte er tun, rein gar nichts. Am besten, er entzog sich allem und schlief wieder ein.

III

Als er erwachte, schienen die Strahlen der rötlichen Spätsonne schräg zu seinem Fenster herein. Man hatte ihm schon das Abendessen gebracht, aber er hatte nichts davon bemerkt. Bedenklich war das, offenbar war sein Sensorium inzwischen so strapaziert, daß es bei stinknormalen Vorgängen, auf die jeder Mensch wachsam reagiert, einfach versagte.

Er hätte sich verschiedene Wecker stellen können, um immer rechtzeitig gewarnt zu sein. Die Abläufe in der Klinik richteten sich nach Regeln, zumindest waren die Zeitregeln einigermaßen vorhersehbar. Aber alles, was er an Uhren oder Uhrenähnlichem besaß, lag oder stand bei ihm zu Hause.

Einmal hatte er einen österreichischen Dokumentarfilm gesehen. Eine alte Dame aus Ottakring kam darin vor, die bewohnte eine Fünf-Zimmer-Wohnung mit fast hundert Standuhren. Sehr zart, sehr klein, höchst aufmerksam saß sie auf ihrem Sofa – versank schier darin – und horchte auf die Schläge der Uhren. Sie kannte den Tonfall der Schläge jeder einzelnen Uhr, war, wenn sie nicht auf dem Sofa saß oder sich in der kleinen Küche ein Brot zurechtmachte, bestrebt, jede Uhr pünktlich wieder aufzuziehen, sobald sie in ihren Schlaggeschäften erlahmte. Obwohl Frauen niemals Vorbilder für Pong hatten sein können, dieser Frau konnte er den Respekt nicht versagen. Hätte er sie zum Kaffee aufgesucht und eine schöne Linzer Torte mitgebracht, hätte sich mit ihr vielleicht eine erfrischende Konversation ergeben.

Pong fühlte genau, daß er der einzige Mensch war, der diese Frau bis in ihre innersten Seelenregungen hinein verstand. Ihre Pflichttreue, sich einer einzigen großen Aufgabe zu widmen und dabei mit Mausaugen und auffangsamen Ohren dem Vergehen der Zeit nachzulauschen, ja, eine solche Persönlichkeit war ganz nach seinem Geschmack. Nur war die verwitwete Dame leider schon zu alt, als daß er hätte nach Ottakring fahren und sie zur Frau nehmen können.

Er selbst war keine so ausgeprägte Uhrenpersönlichkeit wie besagte Dame aus Ottakring, wiewohl ihn Uhren natürlich faszinierten. Mit Männern, die eine lächerliche Rolex oder anderen Uhrenschnickschnack zur Schau stellten, hatte er nichts gemein, obwohl seine Finanzen es durchaus erlaubt hätten, sich eine Rolex zu kaufen. Auch der Oberarzt trug eine lächerliche Uhr an seinem haarigen Arm. Sie sah aus wie eine Taucheruhr umrahmt von Gummi. Pong verzichtete darauf, eine Uhr am Arm zu tragen. Er begnügte sich mit dem Innenleben älterer Uhren, die in seiner Wohnung lagerten. Ihn faszinierte, was von einer Uhr übrigblieb, wenn man sie auseinandernahm und in ihre filigranen Teile zerlegte. Als Taktgeber längst verronnener Zeiten hatten sie gedient, darin lag ihr Geheimnis.

Zu Hause hatte er ein Uhrenblatt, einen Geheimtext mit Lochfraß und darauf, säuberlich untereinandergereiht, das Innenleben ehemaliger Uhren in Form von Rädchen und Scheibchen. Sie tickten natürlich nicht vom Blatt weg, sondern verhielten sich still, es war ja keine Unruh dabei, die sie antrieb. Der Reiz des Blattes mit den Uhrenresten lag in dessen Abgeschlossenheit. Hier war etwas von längst vergangener Zeit aufbewahrt, gleichsam stillgestellt. Weil er ein seltener Kontaktmensch mit engelshaarfeinem Sensorium war, konnte Pong etwas von diesen längst vergangenen Zeiten in sich aufnehmen. Dazu mußte er nur ganz leicht mit dem Finger über die Räder und Scheiben streichen.

Zum Beispiel war da ein zierlich gezacktes Goldrädchen aufs Blatt montiert. Kam Pongs Finger in dessen Nähe, fing es in der Kuppe an zu wuseln und zu kitzeln. Pong konnte zwar keinen Text erspüren, der sich ihm mitgeteilt hätte, aber etwas vom Geschmack der Zeit, in der die Uhr gewirkt hatte, drang in seinen Finger und regte über diffizile Nervenbahnen eine Region in seinem Gehirn an, die Vorstellungen ebenjener Zeit hervorrief. Das größte Vibrato mit sich sofort einstellenden Gedankensprengseln erzeugte eine etwas größere Scheibe, die zweite von unten. Sie stammte aus einer Zeit, als Frauen noch in Korsettagen eingeschnürt umhergingen, einer Zeit, die er bewunderte. Der Frauenleib war am besten in einem strengen Korsett aufbewahrt, dann war dem allzu üppigen Sprießen und Quellen des Fleisches Einhalt geboten, und die Frau wurde vom Einschluß, den ihr Leib erfuhr, ermahnt – ohne daß dafür extra Worte nötig waren –, sich mit fein dosierten, abgemessenen Bewegungen zu begnügen. Das Korsett war ein Erziehungsinstrument, ein Frauenformer, der treu seinen Dienst versah, den Pong bei den heutigen Frauen sehr vermißte.

Lustlos beschmierte er eine Brotscheibe mit Butter und mit etwas, das man kaum Käse nennen konnte. Aus einem mit Metallfolie umklebten dreieckigen Stück mußte das Streichzeug herausgeklaubt und aufs Brot verfrachtet werden. Was das Essen anlangte, wurde man in einem Krankenhaus bestimmt nicht gesund, eher kränker. In diesem Moment bedauerte es Pong, daß er keine treusorgende Gattin an seiner Seite hatte, die ihm Tag um Tag das, was er am liebsten mochte, an sein Bett brachte und ihm aufmunternd dabei zusah, wie er ihre Gaben zierlich, nicht wölfisch schlingend und würgend, sondern nach Art einer verwöhnten Katze, zu sich nahm.

Die Nacht war da. Ganz gegen seine Gewohnheit schaltete Pong den Fernseher ein, der an der gegenüberliegenden Wand oben in einer Ecke hing. Für den Empfang mußte er Kopfhörer aufsetzen, was ihm gegen den Strich ging. Mit Kopfhörern, überhaupt mit irgendwelchen Dingen auf oder um den Kopf herum, kam er sich herabgewürdigt vor. Der Pong-Kopf war ja ein besonders edler Körperteil, nein, kein Körperteil, sondern ein Feinstbau. Einer, der über dem Körper thronte, manchmal auch schwebte, wie nicht ganz dem Körper zugehörig. Trotz ihrer Feinheit war die Apparatur stark, ein Kanonierwerk, gerüstet mit weltherrscherlichen Ambitionen und Fähigkeiten. Wohin man blickte, auf der Erde, auf all ihren Kontinenten, zu Lande, zu Wasser und in der Luft existierte nur dieser eine herausragende Kopf, aus dem Gedanken in den Äther geschleudert wurden wie sprühende Fontänen, manchmal auch, wenn in diesem Kopf besonders scharf und unerbittlich gedacht wurde, wie Gewehrsalven. Seitdem er im Krankenhaus lag, hatte sich das Gewehrsalvendenken allerdings nicht eingestellt, auch seine Gedankenfontänen kamen ihm mickriger vor, als er es von ihnen gewohnt war.

Erstes und zweites Programm: sofort weggezappt. Das Geschwatz von lacherlichen Moderatoren mit noch lacherlicheren Gästen war einfach nicht zu ertragen. Er landete bei einer amerikanischen Krimiserie, die er recht gern sah. *Monk*. Der Detektiv hatte etwas Ponghaftes, auch wenn er Pong in keiner Weise ähnlich sah. Wie er mit Hilfe seiner Finger immer wieder ein Dreieck schuf, um durch den Ausschnitt präziser in die Welt zu sehen, präziser die Leiche und die Gegenstände um sie herum ins Auge zu fassen, das hätte eine von Pong erfundene Methode sein können. Außerdem bestand der Detektiv auf seinen Eigenheiten, und zwar unnachgiebig, auf Biegen und Brechen. Das gefiel Pong sehr. Wenn auch nicht ganz mit dem Scharfsinn eines Pong ausgestattet, kam Monk der Pongschen Seinsverfassung ziemlich nahe. Monk zwang alle Leute, die um ihn kreisten, sich ihm zu fügen. Darin war der amerikanische Detektiv ein Meister, vielleicht sogar meisterlicher als Pong. Auf subtile Weise beherrschte er einen leicht aufbrausenden, aber erzsympathischen älteren Hauptkommissar, einen komischen Gehilfen und die Frau, die Monk beigegeben war, um ihn auf seinen detektivischen Ausflügen zu begleiten.

Monk war an diesem Abend umwerfend gut. Er bekam eins über den Schädel gebraten, wurde auf einen Lastwagen geworfen und in irgendeiner gottverlassenen Gegend ausgesetzt. Er wußte nicht mehr, wer er war. Name, Beruf, Herkunft, alles weg. Sofort bemächtigte sich seiner eine häßliche Frau, die obendrein behauptete, seine Frau zu sein.

Pong genoß es, wie Monk in die Hände dieser weiblichen Hyäne geriet, aber er genoß es noch mehr, wie er sich der ihm fälschlicherweise anbehaupteten Frau wieder und wieder entwand. Genial, geradezu genial! Besonders genial, wie Monk sich weigerte, den sogenannten ehelichen Pflichten nachzukommen, die für Monk offenbar ebenso ekelerregend waren wie für Pong. Das war eine Meisterleistung, von der sogar Pong noch lernen konnte. Natürlich wurde Monk die falsche Frau am Ende wieder los. Und Pong applaudierte dazu, wenn auch nicht mit den Händen, aber um so heftiger aus seinen versammelten inneren Leibeskräften heraus. Das einzige, was Monk von Pong trennte, war wiederum eine Frau, allerdings eine ganz andere. Es wurde behauptet, Monk habe eine gehabt und sie durch ein Attentat verloren. Ferner wurde behauptet, Monk habe sie geliebt, was Pong aber nicht recht glaubte, weil dafür habhafte Beweise fehlten und er Monks Natur besser durchschaute als der gewöhnliche Fernsehzuschauer.

Nacht, Nacht, Nacht. Eine Nachtschwester lief im Gang auf und ab. Irgendwann würde sie auch zu ihm hereinsehen, worauf Pong liebend gern verzichtet hätte, weil er sich dann jedes Mal schlafend stellen mußte und obendrein gezwungen war, ein wenig theaterhaft vor sich hinzuschnarchen.

Der Mond schien hell zum Fenster herein. Gegen seine übliche Vernarrtheit in das Gestirn war Pong heute nicht auf Mondschau aus. Er drehte sich zur Wand und schob in Gedanken Szenen hin und her, in denen er sich mit Mister Monk unterhielt, Szenen, die ein wenig darunter litten, daß sein Englisch eher brüchig war.

IV

Schwester Erika hatte bei ihm Fieber gemessen, hatte lieb und zart seine Hand getätschelt, was sich Pong von Schwester Erika gern gefallen ließ. Er war ausnahmsweise zufrieden mit der Welt, sogar ein wenig versöhnt mit seiner Lage. Mit lauter freundlichen Gedanken im Gepäck nickte er ein, wer weiß, fünf Minuten, zehn Minuten, da ertönte Alarm. Eine Feindin war zum Fenster hereingeflogen, eine übergroße Frühwespe, Maiwespe, mordsgefährlich. Böse! Auf und ab flog sie am Fenster, sie trudelte eher an der Scheibe entlang, als daß sie flog. Pong war entsetzt. Er konnte nicht fliehen, konnte nichts unternehmen, um sie zu verscheuchen. Gut zehn Minuten lag er zitternd im Bett und verfolgte jede Bewegung der Feindin. Da sprang die Tür auf, und Jutilein trat mit Wischmop und Eimer herein. Pong brachte kein Wort heraus, er zeigte nur schreckensstarr auf das Tier. Jutilein begriff sofort. Sie schmetterte den Lappen gegen die Scheibe und damit die Wespe auf den Boden, zertrat sie und beförderte sie zum Fenster hinaus.

Aus Dankbarkeit standen Pong Tränen in den Augen. Er brachte kein einziges Wort heraus, wedelte nur überglücklich mit den Händen. Jutilein war von jetzt an seine Freundin, ach was, Freundin, seine Retterin! Sie mochte ihren Mop im Zimmer herumstoßen, wie sie wollte, Pong würde dazu nur gutmütig lächeln. Dankbar war er bis ins innerste Mark, dankbar und gerührt. Komme, was wolle, er würde sich immer an Jutileins Herkulestat erinnern und ihr gewogen bleiben bis ans Ende seiner Tage.

Sie schien ihn zu verstehen, lachte ihm geradewegs ins Gesicht. Ihre Zähne standen scheps, in unordentlicher Reihe, die kreuz die quer im Mund herum. Pong nahm sich vor, da zügig Abhilfe zu schaffen, wie er es bereits bei den Schwestern Erika und Mandy zu beider Gunsten getan hatte. Vielleicht lernte er bald noch eine Putzfrau kennen, eine mit perlender Zahnreihe, aber einem kleinen Schaden andernorts, den Jutilein wiederum nicht hatte, dann stünde seinen Verbesserungsmaßnahmen nichts mehr im Wege. Natürlich würde er auch dieses Mal mit Vorsicht und Diskretion zu Werk gehen, sachte und gelinde, um die Damen nicht unnötig zu erschrecken, er war ja schließlich Kavalier.

Jutilein war an diesem Morgen prächtig gelaunt. Und sie wurde urplötzlich gesprächig. Es hatte nur eines kleinen Winks von Pong bedurft, und schon legte sie los, erzählte von einem Kanarienvogel, der zu Hause auf sie wartete, kein großer Redner vor dem Herrn zwar, aber doch etwas Besonderes. Auf seinem gelben Kopf prangte ein dunkler Fleck, genauso wie bei Gorbatschow, deshalb hieß der Vogel *Gorbi*. Pong mußte herzlich lachen und nahm ihr das Versprechen ab, das nächste Mal ein Bild von Gorbi mitzubringen. Jutilein schulterte ihren Mop und machte zum Spaß eine Verbeugung. Man verabschiedete sich voneinander wie die allerbesten Freunde.

Ansonsten war das ein Krankenhaustag ohne Visite, auf

die Pong eh liebend gern verzichtete, offenbar ein Sonntag. Statt dessen klopfte es, eine ihm unbekannte Dame erschien, die auf das untere Ende seines Bettes blickte und ihn mit »'Nen schönen guten Tag, Herr Pönsgen!« begrüßte. Aus den Aufnahmepapieren wisse sie, daß er evangelisch sei. Sie heiße übrigens Doris Wildangel, sei ehrenamtlich hier, er könne gerne Doris zu ihr sagen.

Pong war sofort auf hundertachtzig. Er haßte es, wenn man von etwelchen Papieren sprach, in denen vermeintlich etwas über ihn stand. Doch er beherrschte sich, setzte bloß eine säuerliche Miene auf. Die zudringliche Frau war offenbar evangelisch, war gekommen, um ihn in Sachen Religion abzuklopfen. Reichlich frech war das! Außerdem trug sie einen Wickelrock. Pong mochte Wickelröcke nicht. Er war alarmiert. Ob sie eine Abgesandte des Weißkittelmannes war? Der ihn so unverschämt wegen seiner Baumlandung ausgehorcht hatte, zumindest es mit einiger Hartnäckigkeit versucht hatte, denn weit war er damit nicht gekommen.

Sie sprach von Jesus. Sehr im Ungefähren. Als wäre Jesus irgendein Typ, der gerade um die Ecke gelatscht kam. Offenbar wollte sie Pong dazu verleiten, zu bekennen, wie er's mit Jesus hielt. Ob oder ob nicht. Pong gab den Erstaunten, den Naiven, spielte auf der Klaviatur des Weißnichtrechtwarumwozuweshalb, wiewohl er sich nicht zu einer glatten Lüge durchringen mochte, etwa in der Art, Jesus sei ihm wurst. Halb höflich, halb geärgert turnte er auf einigen Nichtigkeiten herum, raspelte Süßholz –

über Jesus habe er leider zu wenig nachgedacht, wiewohl Jesus bestimmt ein intensiveres Nachdenken verdient gehabt hätte, aber momentan fühle er sich zu schwach, den bedauerlichen Zustand zu beheben. Rhabarber rhabarber, das ging her, das ging hin. Schade, sagte er, das sei alles wirklich schade, aber nun mal leider nicht zu ändern.

Es war mehr als eine Untertreibung, näherte sich doch der Lüge, denn Pong hatte sehr wohl, wieder und wieder, über Jesus nachgedacht. Wenn auch in theologisch nicht ganz hasenreiner Form. So manches an Jesus hatte ihn immer empört. Die Unterbietungsstrategien, deren sich der Mann bediente, das Waschen der dreckigen Jüngerfüße etwa, bei gleichzeitigem Überbietungshochmut, denn mehr als Gottes Sohn konnte man schwerlich sein. Das alles ärgerte Pong und saß als Stachel im eigenen Fleisch. Pong hielt Jesus für einen Schwindler, wenn auch für einen genialen. Insgeheim war Pong davon überzeugt, ein größerer Mann als Jesus zu sein, weil bei ihm von vornherein auf das übliche Geburtstheater verzichtet worden war. Auch war Pong weniger verlogen. Er war der Herr, und er zeigte gern frei heraus, daß er der Herr war. Auf so etwas Lächerliches, mit irgendwelchen schmutzigen Jüngern durch die Gegend zu ziehen, wäre er nie verfallen. Pong war ein Solitär, ein Fünfhundertfünfundvierzigkommmasiebenundsechzigkaräter, Jesus allenfalls ein Vierhundertsiebenkommafünfkaräter, und somit war er, Pong, höher gestellt als Jesus.

Davon sagte er der evangelischen Kundschafterin natürlich nichts. Keineswegs aus Verlogenheit, sondern weil Pong erkannte, daß es vergebliche Liebesmüh gewesen wäre, ausgerechnet einer Wickelrockfrau, die eine schwarze Warze auf der Oberlippe trug, klarzumachen, wer er sei. Ihr diesbezüglich Bescheid zu stoßen. Klugerweise behielt er alles Wichtige für sich. Daß er eine Extremnatur war, welche die jesuanische an Glanz und Glorie bei weitem überstrahlte, mußte dieser kurz nach dem Frühstück hereingeschneiten Dame nicht beigebogen werden.

Der Abschied war lau. Sozusagen ein Abschied auf langen Zähnen. Pong war sich ziemlich sicher, daß die Warzenfrau nicht wiederkehren würde. Aber die gute Stimmung, in die ihn Jutilein versetzt hatte, war dahin.

Sonntage waren allgemein Schwierigkeitstage, dieser schien ein ganz besonderer zu sein. Draußen herrschte sonniges fröhliches Maiwetter, was Pong normalerweise nicht weiter beeindrucken konnte, denn er war ein Wintermensch. Aber in seiner seltsamen Lage, als Gefangener, sehnte er sich nach draußen wie nie zuvor. Maigefühle regten sich in seinem Busen. Pong griff absichtlich zu dem veralteten Wort *Busen*, veraltet insofern, als Männer im zwanzigsten und einundzwanzigsten Jahrhundert nurmehr eine Brust hatten, aber keinen Busen, wie zum Beispiel noch Goethe. Kurzum, er spürte es ordentlich tosen in seinem Busen, spürte einen Drang nach Bewegung, dem er nicht Folge leisten konnte. Allenfalls Gedankenspaziergänge waren erlaubt. Der Mai lächelte und lächelte durchs

Fenster herein, um ihn zu foppen, was Pong mehr und mehr erboste.

Da halfen nur Gegengedanken, scharfe Abwehrmaßnahmen. Geradezu verbissen dachte er an das Medaillon, das er zu Hause in einer Schublade verwahrte. Gegen dieses Medaillon kam der Mai nicht an, da konnte er so viele Lächelgeschütze auffahren, wie er wollte. Das Portrait einer Frau entlarvte den Mai. Ihr Gesicht ging in Verwesung über, die Kinnlade war aufgerissen und drohte herabzufallen, obwohl ihre Augen (die keine richtigen Augen mehr waren, sondern bloß Höhlen, aus denen scheinbar herausgeschaut wurde) zeigten, daß noch Leben in ihr war. Das Medaillon lag auf einem beschriebenen Blatt, dessen Text Pong schon manches Rätsel aufgegeben hatte. Unten waren zwei Schrauben montiert, die in harter Anspannung verkündeten: So wird's dir ergehen und nicht anders!

Der Mai war bloß eine Fopperei, ein erbärmliches Schmierentheater. Was bitte schön hatte der Mai denn auszurichten, wenn der Körper in Verwesung überging? Wenn es im Grab gärte und das Gebein allmählich auseinanderfiel?

Eigentlich schaute er das Medaillon nicht gern an. Wenn er es tat, wurde ihm flau zumute. Doch jetzt war der Moment gekommen, es wiederzubeleben, das Schreckbild in Stellung zu bringen gegen den hundsföttischen Mai, diesen Gär- und Gebärmonat mit seiner unbändigen Werdelust, der all die Insekten hätschelte und großzog, die Pong das Leben schwermachten, sobald sie geschlüpft waren. Ins Grab mit euch, ihr Maiflügler und Maikriecher! drohte Pong allem, was sich da draußen anschickte, herumzufliegen oder herumzukriechen, ins Grab mit euch Geschmeiß!

V

Wochenbeginn. Montagshektik. Das Visitenballett mit dem bemerkenswert stummen Oberarzt an der Spitze tat besonders geschäftig. Man kam überein, daß Pongs Bein nun etwas weniger hoch gelagert werden müsse. Ein eifriger Assistent machte sich an der Apparatur zu schaffen, und bald hing das vergipste Bein etwa fünfzehn Zentimeter niedriger als zuvor, was Pong nur recht war. Jede Veränderung, die seine Lage betraf, war ihm recht. Jutilein war heute nicht gekommen, statt ihrer eine andere Putzfrau, eine vorsichtige, die sehr leise arbeitete, nach ihrem Kopftuch zu urteilen wahrscheinlich eine Türkin. Offenbar sprach sie kaum Deutsch, sprach überhaupt wenig, was Pong begrüßte, denn mit wildfremden Leuten zu konversieren war kein Vergnügen. Weil sie den Wischmop so still vor sich herschob, konnte er allerdings nicht in Erfahrung bringen, wie ihre Zähne aussahen. Eine Umschaffung der beiden Putzfrauen zu ihrem wechselseitigen Vorteil konnte also noch nicht in Angriff genommen werden.

Das Fiebermessen war eigentlich überflüssig. Pong hatte kein Fieber. Höchstens zwei Tage kamen ihm in den Sinn, an denen er in seinem immerhin schon eine längere Zeitspanne währenden Leben überhaupt je Fieber gehabt hatte. Über die genaue Lebensdauer seiner selbst schwieg er sich gern aus. Pong sah sich als ein zeitenthobenes Geschöpf, dem Tod und Verwesung nichts anhaben konnten. Natürlich würde auch er eines Tages sterben müssen. Er war ja kein Verrückter, der eine unanfechtbare Tatsache leugnete. Trotzdem war seine Seinsweise mit dem entsprechenden Übergang in einen neuen Zustand eine andere als bei gewöhnlichen Menschen, die einfach nur geboren wurden, um zu sterben. Pongs möglicher Tod war kein vernichtender Tod. Für ihn bedeutete der Tod, daß er in gehobener Verfassung, schöner denn je, aufbewahrt wurde, um frische Kräfte zu sammeln für noch wirkungsvollere Taten als die, die er in der jetzigen Welt verübte. Diese künftigen Taten in einer anderen Welt, in der die herkömmlichen physikalischen Gesetze nicht galten, würde er auf unkörperliche Weise, aber dennoch mit monumentalen Effekten ausführen.

Seine Vorstellungen diesbezüglich schwankten. Göttlich eingefärbt war diese andere Welt schon, aber nicht aufgeteilt in Gottvater, Sohn und Heiligen Geist. Bei Pong herrschte prinzipiell das Eingottprinzip, ungeteilt. Alle Macht in einer Hand, und alle Macht, die aus der einen Hand sprudelte, wiederum in seine, Pongs Hand, fließend. Komplizierte theologische Probleme waren damit verbunden. Um sie geistig zu durchdringen, fühlte er sich in seinem Krankenbett zu kraftlos. Zum Beispiel gab es da die erhebliche Frage, ob diese Macht zur Gänze, das heißt im Vollbesitz ihrer Wirkkräfte, in seine Hand sprudelte oder ob der fließende Wechsel mit einer kleinen Abschwächung vonstatten ging. In seinem jetzigen Zustand wäre er nicht in der Lage gewesen, eine so bedeutende Frage befriedigend zu beantworten.

Seine Geistigkeit litt in diesem Haus, in diesem öden Zimmer, sie litt auch unter dem fürchterlichen Essen. Eine weitere Woche würde er bestimmt hier verbringen müssen, wenn nicht zwei oder drei. Ob er dann geistig ganz heruntergekommen, wie ausgedörrt sein würde?

Alles quälte ihn. Er wußte nicht mehr, wie seinen Kopf ins Kissen betten, ohne daß sich das Kissen unter dem Kopf versteinte. Zu gern hätte er sich einmal auf die Seite gedreht, um in gekrümmter Lage, in der er normalerweise schlief, endlich Frieden zu finden. Ganz besonders regten ihn die Waschungen auf, die Tag für Tag an ihm vorgenommen wurden. Pong war reinlich. Zwei Mal täglich duschte er, wechselte häufig die Bettwäsche und seine Pyjamas, wenn man ihn nur ließ. Natürlich wollte er in diesem Bett nicht verdrecken und womöglich anfangen, zu riechen. Aber daß eine Person kam, noch dazu eine Frau, und seinen Körper mit einem Lappen abrieb, war eine demütigende Maßnahme, an die er sich nicht gewöhnen konnte. Das einzige, was er ein bißchen genoß, war die Frische des Franzbranntweins, eine ganz besondere Bitzelflüssigkeit, die die Haut in Aufruhr setzte und all ihre Härchen zu Berge stehen ließ.

Außer dem Einreiben mit Franzbranntwein waren alle Maßnahmen dazu da, ihn kleinzumachen und seine Lieblingsidee zu verscheuchen, die Idee vom unvergleichlich biegsamen, unvergleichlich schönen Pong-Körper, der, wo immer er in Erscheinung trat, angestaunt wurde ob seiner Perfektion. Hätte ein griechischer oder römischer Bildhauer in längst vergangener Zeit seinen Körper modelliert, als

Diskus- oder Speerwerfer oder nur als gemessen einherschreitenden Mann, wären längst überall in der Welt, vor den Palästen, den Behörden, ja sogar vor gewöhnlichen Polizeidienststellen, Replikate der Pong-Skulptur aufgestellt worden, selbst in Timbuktu oder Aserbaidschan oder Schanghai, nicht nur in Amerika und Europa.

In dieser Klinik wollte man ihm einreden, daß er einen gewöhnlichen Körper besaß, einen Murkskörper wie Krethi und Plethi. Gut möglich, daß man ihn belogen, ihm ein gebrochenes Bein angedichtet hatte, um ihn herabzuziehen in eine Niederung, in der sich alle Murkskörper den lieben Tag lang tummelten.

Er würde es ihnen heimzahlen. Wer weiß, vielleicht lebte noch irgendwo ein Bildhauer in der Welt, der sich auf die antiken Maße verstand. Wenn sich Pong ihm zeigte, würde der Mann sofort Feuer fangen und sich gar nicht erst mit einem Pong begnügen, sondern gleich ein Doppelstandbild entwerfen. Der eine Pong links mit dem anderen Pong rechts im Wettstreit. Ohne sich zu berühren. Mit jeweils weit ausgreifendem Arm, dem rechten natürlich, erhoben zu einem rhetorischen Gefecht, weniger einem sportlichen. Pong war sich nur noch nicht ganz im klaren darüber, ob er selbzweit zu diesem Zwecke eine Toga tragen sollte. Ein Straßenanzug kam jedenfalls nicht in Frage. Fraglich war auch, wie der Armgestus genau auszuführen wäre. Natürlich nicht als römischer Imperatoren- oder gar Hitlergruß. Um Gotteswillen, nein! Elegant mußte der Gestus werden, weniger steif. Womöglich schlossen Pong und sein Wider-

Pong jeweils Zeigefinger und Daumen zu einem Kreis, während sich die anderen Finger in leicht geknickter Form erhoben. Um anzudeuten, daß alle beide im selben Moment gedanklich auf einen brenzligen Zusammenhang hinwiesen, einen Zusammenschluß von weitgreifender Bedeutung.

Worauf die beiden Pong-Statuen stehen sollten, das wußte er allerdings genau. Zu Hause verwahrte er ein Blatt, das die Skizze dazu liefern konnte. Eine Doppelerhebung, wie für Statuen geschaffen, nicht zu hundert Prozent identisch, damit die Einmaligkeit des jeweiligen Pong unterstrichen wurde – zum Beispiel zeigte die rechte Erhebung einen kleinen herausgebrochenen Zacken –, aber doch einander sehr ähnlich und auf gleicher Höhe mit einer dünnen goldenen Auflage abschließend. Natürlich würden auf den beiden Sockeln nach allen Seiten hin Schriftzüge angebracht, aber keine gut leserlichen, sondern geheimnisvolle, mit spiralförmigen Auf- und Abschwüngen, die das wundersame Chamäleonleben der beiden Herren Pong, ihre mitunter ins Liebliche und Schnörkelhafte treibende Vergeistigung, zum Thema hatten. Ohne derartige Schnörkel kamen die rhetorischen Künste ja bekanntlich nicht aus. Pong sah die steinernen Abbilder seiner selbst überdeutlich auf diesen Sockeln stehen. Im Geiste probierte er verschiedene Posen aus, die in der Verdopplung besonders wirksam waren.

Zum geöffneten Fenster drangen Vogellaute herein, zarte. Pong konnte nicht ausmachen, um was für einen Vogel es sich handeln mochte. Auf keinen Fall um eine Amsel.

Amseln schmetterten ihre klaren Laute heraus, Melodienfetzen, die sie irgendwo aufgeschnappt hatten und mit Lust wiedergaben. Der Vogel im Baum vor seinem Fenster war schüchtern, er probierte an zarten Lauten herum, an einem leisen Geschnarr durchsetzt von Fetzen von Tönen, die sich nicht recht zu Melodien fügen wollten. Dann wiederum piepste er kläglich, als wäre er verlassen worden und wollte seine Eltern herbeilocken. Eine Krähe war es bestimmt nicht, sicher auch kein Krähenkind. Die Stadt wurde von Krähen heimgesucht, ihr Gezeter gab sich überall zu hören. Ein Spatz kam auch nicht in Frage. Spatzen tschilpten wie nicht gescheit, als müßten sie alle Welt davon überzeugen, daß sie mindestens drei Mal so groß seien, wie ihre plustrigen Körperchen es in Wirklichkeit waren.

Pong lauschte den Vogellauten nach. Für das Wesen im Baum, das offenbar nicht recht wußte, wie sich ein Vogel wirkungsvoll bemerkbar machte, empfand er Sympathie, ja, sogar etwas wie eine geheime Verwandtschaft. Er gab sich der Vorstellung hin, den Vogel zu finden, ihn zu adoptieren und zu füttern. Ein Käfig würde für ihn nicht notwendig sein. Alsbald würde der kleine Vogel so anhänglich werden, daß er Pong nur für ein kurzes Geflatter, einen kleinen Probierflug an der Luft verließ, um sich dann wieder auf seiner Schulter niederzulassen und zärtlich an seinem Ohr zu knabbern.

Plötzlich wurde der Vogel laut, geradezu unanständig laut. Jemand hatte ihn geärgert. Wer weiß, vielleicht hatte er die Gedanken Pongs erraten und sich erbost. Pong war auf einen Vogelsimulanten hereingefallen, der seine Piepsschwäche bloß vorgetäuscht hatte. Mit einem schauspielernden Vogel wollte er sich nicht näher anfreunden. Ein Draufgänger, der ihn womöglich ins Ohr biß und nicht nur rücksichtsvoll daran knabberte, kam als Haustier nicht in Frage. Das Ganze war sowieso nur ein Hirngespinst, da Pong sein Bett für Vogelschutzmaßnahmen nicht verlassen konnte.

Dieser Montag wuchs sich zu einem Tag herber Enttäuschungen aus. Pong suchte ein wenig Frieden zu finden, indem er so tat, als schlafe er, obwohl er mindestens so wach war wie der keifende Vogel da draußen.

VI

Der Dienstag schien noch unangenehmer zu werden, als es der Montag schon gewesen war. Der Weißkittelmann war wiedergekommen, nun schon zum dritten oder vierten Mal. »Guten Tag, Herr Pönsgen«, sagte er salbungsvoll, »schön, Sie wiederzusehen.« An diesem Wiedersehen konnte Pong überhaupt nichts Schönes finden. Er haßte es, wenn ausgerechnet dieser Mann ihn *Pönsgen* nannte. Bei anderen Leuten war es ihm möglich, solche Anreden geflissentlich zu überhören. Sie gingen ihn nichts an. Aber der Weißkittelmann stieß den Namen so penetrant zwischen den Zähnen hervor, als wolle er Pong damit überfallen und festnageln.

Ungebeten packte er einen Stuhl, rückte ihn nahe ans Bett und setzte sich. »Sie wollten sich doch umbringen, nicht? Warum wollten Sie sich denn umbringen?« Pong verschlug es erst einmal die Sprache. So saudumm war ihm noch keiner an den Karren gefahren. »Ich bitte Sie, Herr Pönsgen, geben Sie sich einen Ruck, ich versuche, es zu verstehen. Warum sind Sie gesprungen? Waren Sie in einer ausweglosen Lage? Oder ist etwas Bestimmtes geschehen, was Sie dazu gebracht hat?« Da konnte Pong nicht länger an sich halten. Seine übliche Gegenwehr, die aus höflichen kargen Sätzen bestand, um den Gegner zu vexieren, aber sich selbst nicht zu verraten, genügte hier nicht. »Wie kommen Sie auf so eine dumme Idee! Alles, was Sie sagen – ganz und gar abwegig!« zischte es gekränkt aus ihm heraus. »Ich bin während einer Arbeit, im Verlauf von wichtigen

Experimentalgeschäften, die mit dem Mond in Verbindung standen, versehentlich vom Dach gefallen. Schluß. Aus. Aus die Maus!«

»Soso«, murmelte der Weißkittelmann, als wisse er es besser, »einfach so. Vom Dach gefallen.« Und als wäre diese Bemerkung noch nicht unverschämt genug, fügte er hinzu: »Es wurden keine Instrumente auf dem Dach gefunden, die der Mondbeobachtung hätten dienen können. Es fand sich nur eine verängstigte Frau mit verbundenen Händen, die nicht gut auf Sie zu sprechen war.«

Pong geriet außer sich vor Zorn. Jetzt kam der Kerl ihm auch noch damit. »Meine Privatangelegenheiten gehen Sie überhaupt nichts an«, entfuhr es ihm.

»Doch, sie gehen mich etwas an, wenn dadurch Personen zu Schaden kommen, was bei Ihnen selbst ja der Fall war und bei der Frau vielleicht noch eingetreten wäre, wenn man sie nicht vom Dach geholt hätte.«

»Das genügt!« rief Pong. »Ich habe niemandem etwas zuleide getan, bin versehentlich in einem Baum gelandet. Das war's! Aus die Maus!« Dann drehte er den Kopf zur Wand, um dem Weißkittelmann zu zeigen, daß er sich endlich hinwegheben solle. Der aber seufzte, spielte den Bekümmerten, »schade, jammerschade, daß Sie nicht kooperieren wollen«, murmelte er, »Sie tun sich damit keinen Gefallen, Herr Pönsgen«, stand auf, stellte den Stuhl an seinen Platz zurück und verließ den Raum, nicht ohne Pong vorher gedroht zu haben, daß die Sache noch nicht ausgestanden sei, noch längst nicht!

Sein Herz klopfte wild. Mit den Fäusten mußte er auf seine Brust einschlagen, mußte den Kopf hin und her schleudern, um sich einigermaßen zu beruhigen. So ein Schwein! Wühlte in seinem Privatleben herum, in Dingen, die nur Pong angingen, niemanden sonst, schon gar nicht dieses Schwein. Als die neue, inzwischen nicht mehr ganz so neue Schwester kam und ihm das Abendbrot auf den Nachttisch stellte, war er immer noch so aufgeregt, daß er kein Wort herausbrachte, als sie ihn etwas fragte, ja, nicht einmal verstand, was sie ihn überhaupt gefragt hatte.

Die Nacht, die bald darauf hereinbrach, begann fürchterlich. Stundenlang konnte er nicht einschlafen, versuchte immer wieder, das Kissen zurechtzuklopfen, knipste das Licht an und wieder aus, schaltete den Fernseher ein und wieder aus. Nichts half. Der Weißkittelmann stand drohend neben seinem Bett und wollte Pong aus dem Leben jagen, das er gewohnt war zu führen. Irgendwann fand er doch ein bißchen Schlaf. Aber keinen erholsamen. Im Traum wurde er von einem Kissen verfolgt, er kinderklein, das Kissen riesengroß. Flehend streckte er die Arme aus, schrie aus Leibeskräften, lief auf nackten Kinderbeinchen davon, so rasch er konnte, aber das Kissen war schneller, es holte ihn immer wieder ein und drohte ihn zu überwältigen.

Wenn solche Träume auf ihn warteten, war es besser, überhaupt nicht zu schlafen. Zu Hause hätte er Mittel und Wege gefunden, sich zu beruhigen. Er wäre vielleicht zu Ausguckzwecken aufs Dach gestiegen, hätte sich einen Tee aufbrühen oder ein Bad nehmen können. Das Bad half ei-

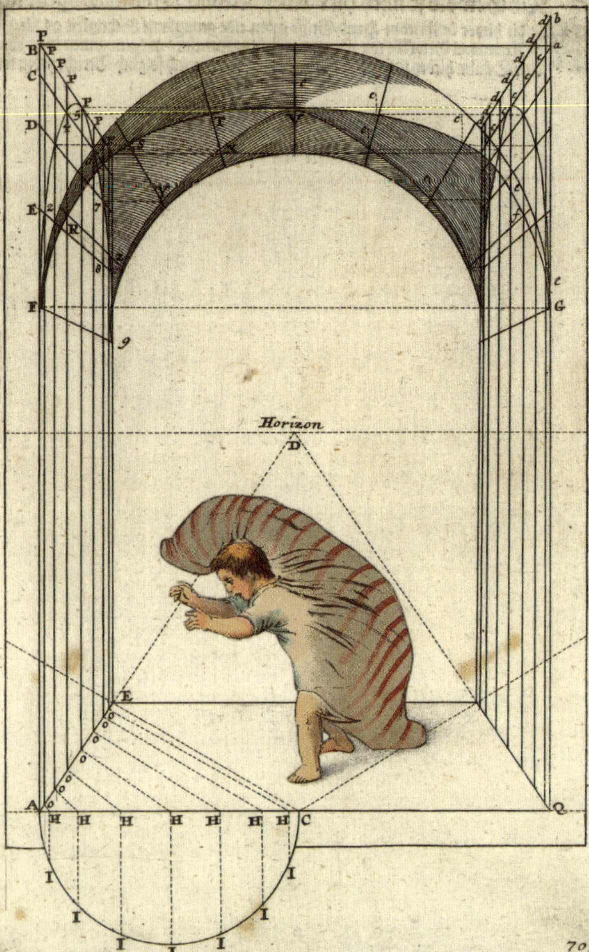
Horizon

gentlich immer. Es entspannte seine Glieder und lockerte die Gedanken auf. In der Badewanne suchten ihn keine schwerwiegenden Gedanken heim, nur leichte, die sich ein wenig kräuselten. In der Badewanne konnte er Schauminseln hin und her schieben, die glitschige Seife im Wasser suchen oder das gelbe Entchen mit dem Finger fortschnipsen. Es half auch, wenn er sich mit der Bürste abrieb, bis die Haut krebsrot war. Alles Maßnahmen, dazu da, die Pongsche Verfassung wieder ins Gleichgewicht zu bringen. In seinem Bett gab es solche Möglichkeiten nicht. Hier war er zum Ausharren verdammt und konnte sich kaum bewegen.

Der zweite Traum war etwas weniger beängstigend. Jetzt lag er auf dem rot-weiß gestreiften Kissen, das ihn vorher verfolgt hatte, und das Kissen gab Töne von sich, die ein bißchen danach klangen, als würde jemand unverständliches Zeug in seinen Bart murmeln. Pong bemühte sich sehr, diese geheimen Botschaften zu verstehen, die ja allesamt speziell an ihn gerichtet waren, aber er hatte damit keinen Erfolg. Vielleicht war es ihm doch hie und da gelungen, aber als er wieder aufwachte, bröselten die Botschaften weg. Auch an den Klang der eigenartigen Stimme konnte er sich kaum mehr erinnern.

Diese Nacht wollte und wollte einfach nicht enden. Der jetzt voll erblühte Mond schien herein. Vielleicht wandte er seine gesamte Kraft auf, um Pong zu trösten. Bestimmt war es besser, nicht so krampfhaft den Schlaf zu suchen, sondern sich heiteren Gemüts dem Mond zu überlassen.

Pong glaubte, einzelne Stellen auf dem Mond ausmachen zu können, das Mare Nubium etwa und das Mare Humorum. Das Mare Humorum war kein Feuchtmeer, der Mond war ja knochentrocken, wie inzwischen allgemein bekannt. Natürlich gab es aktuelle Mondkarten mit nagelneuen Bezeichnungen. Pong interessierten solche Karten aber nicht. Über die eigentümliche Verwandlungskraft des Mondes sagten sie nichts aus. Die Mondgeheimnisse waren bei den alten Karten besser aufgehoben.

Das Mare Humorum, das Pong immer angezogen hatte, enthielt keine Spur von Wasser, es war ein feines Lächelmeer aus Staub. Was immer in einem Menschenkopf rumorte, vom Mare Humorum wurde es gutmütig belächelt. Selbst manche Ponggedanken, die ja in der Regel ernst waren, und zwar ernst mit vollem Recht, wurden hin und wieder vom Mare Humorum belächelt. Aber da schüttete sich niemand vor Lachen über ihn aus, da leuchtete nur dieses feine Lächeln im Universum als Kommentar zu seinen Gedanken, keineswegs, um ihn kleinzulachen, sondern nur, um ihm zu bedeuten, daß er alles, was auf der Erde geschah, vielleicht ein bißchen zu schwer nahm.

Der Mond war schön. Pong hatte die Intensität seiner bleichen Kraft immer bewundert. Der Mond leuchtete, als bestünde er aus einem runden Knochen, aus dessen Poren ein weißes, intensives Licht drang. Natürlich kein feuriges Sonnenlicht, das sich selbst offenbarte, sondern ein geheimnisvoll mildes, dafür aber um so wirksameres, kräftewekkendes. Zu Recht war der Mond in Tausenden von Gedichten und Liedern besungen worden. Pong hätte nur zu gern ein Mondlied verfaßt, das in vollendeter Schönheit und Harmonie dahinschwebte, von einer winzigen Spur Trauer durchzogen, um das Gemüt für den rechten Empfang der Monderscheinung vorzubereiten und aufzuweichen.

Ach, das Leben hätte so schön sein können, wenn er nur nicht in diesem verdammten Bett hätte liegen müssen. Heute war die Nacht mild. Geruhsam hätte er auf dem Dach seines Hauses hin- und herspazieren können, die Hände hinter dem Rücken verschränkt, ein bißchen wie ein älterer Herr, der auf vergangene Tage blickt, vielleicht ein Stöckchen schwenkt und immer wieder den Kopf hebt, um dem Mond zu huldigen, als Dank für die Aufmunterung, die er regelmäßig vom Mond empfängt.

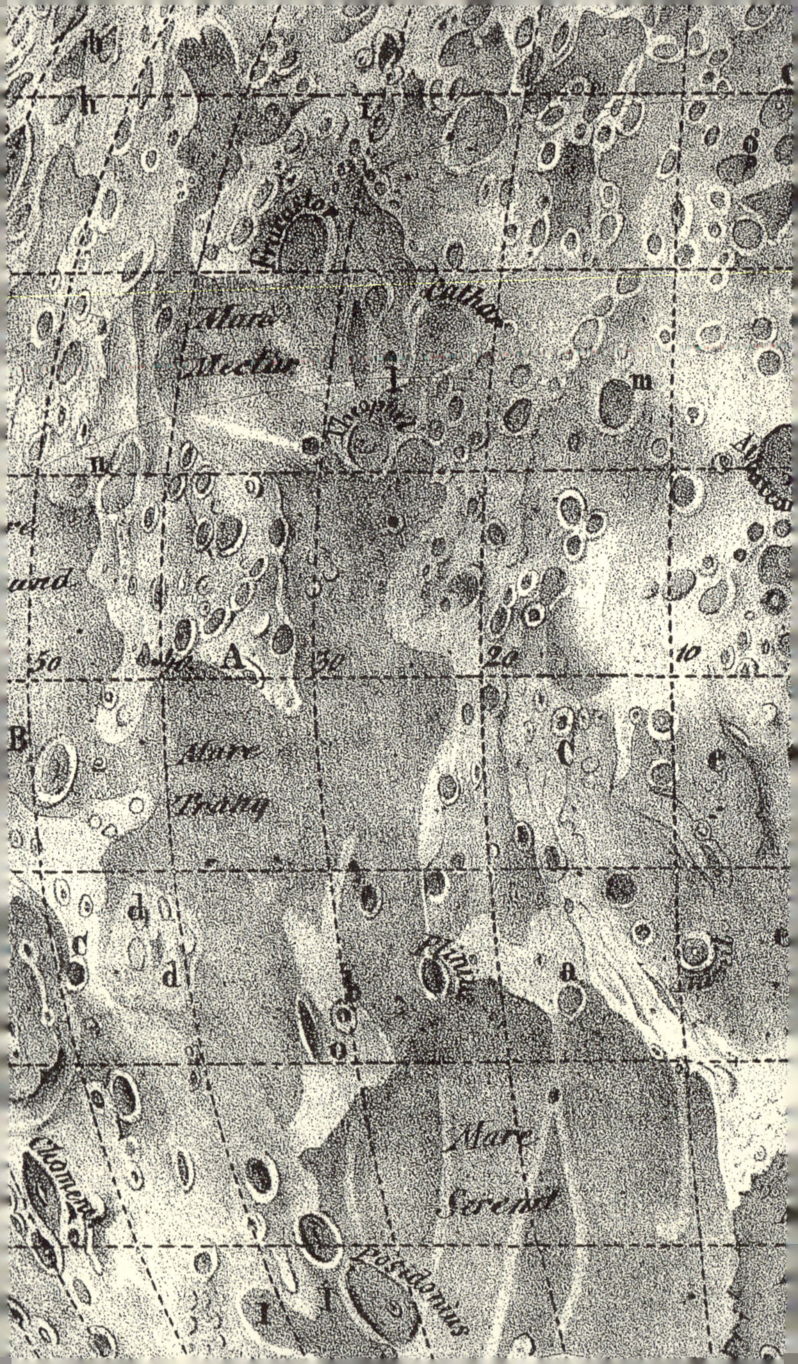
Fracastor
Cathar
Mare
Nectar
Theophil
Mare
Tranq
Plinius
Mare
Serenit
Posidonius
50
40
30
20
10

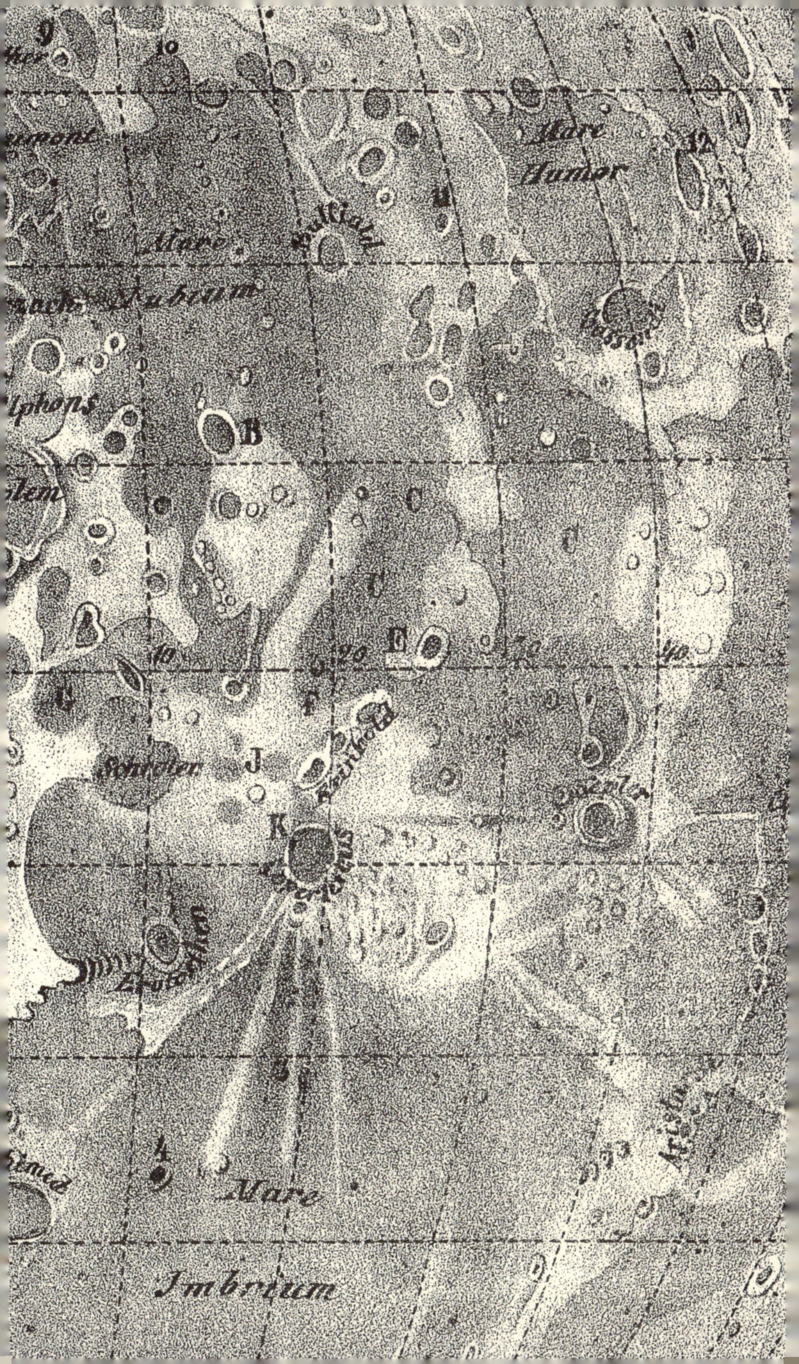

9
10
Mare
Humor
12
Bulliald
Mare
Nubium
B
C
E
F
J
K
Reinhold
Copernicus
Mare
Imbrium

VII

Neuer Tag! Neues Glück! Pong fühlte sich beim Aufwachen in gehobener Stimmung. Heute würde alles anders werden, besser, auch wenn es dafür vielleicht keinen Grund gab. Er begrüßte Schwester Mandy mit einem fröhlichen »Wie schön, daß Sie wieder da sind!« Und Schwester Mandy schien ihrerseits auch überglücklich zu sein, daß sie den verehrten Herrn Pong wieder betreuen durfte. Sie stellte ihm sogar ein kleines Sträußchen auf den Tisch – »Von Schwester Erika und mir« –, und Pong war bis in die innerste Herzkammer hinein gerührt. Seinen beiden Lieblingsschwestern hatte er übrigens beigebogen, daß sie Pong zu ihm sagen sollten, und das taten sie auch brav. Schwester Mandy, beziehungsweise Schwester Maryke, wie er sie nun doch mit unhörbarer gedanklicher Konzentration nannte, maß das Fieber, das er nicht hatte, mit Feingefühl und wünschte ihm einen ganz, ganz schönen Tag. Draußen sei das Wetter jedenfalls herrlich, und ein bißchen davon würde er hier drinnen ja mitbekommen.

Das Frühstück bestand aus demselben Zeug wie immer, aber Pong biß ins Graubrot, als wäre es ein Privileg, da hineinbeißen zu dürfen, und schlürfte den Tee schlückchenweise, als handele es sich um einen exklusiven Ceylon von Fortnum & Mason. Er bekam fast Lust, ein Liedchen zu trällern, versagte es sich aber, da er durch ein allzu ausgelassenes Benehmen vielleicht Feinde herbeigelockt hätte. Obwohl die letzte Nacht schlimm begonnen hatte, war ihm zu guter Letzt durch den Mond eine Stärkung zuteil geworden, die bis in den neuen Tag hinein vorhielt. Nun war er wieder kräftig genug, um Pläne zu schmieden. Die Malaise mit dem Bein konnte ja nicht ewig dauern. Und die Macht, ihn anschließend irgendwo wegzusperren, die hatte der Weißkittel nicht, das wußte Pong. Schließlich hatte er ja nichts verbrochen. Ins Gefängnis oder an einen anderen Aufbewahrungsort, den er sich weigerte, beim Namen zu nennen, gehörte er jedenfalls nicht.

Zuallererst würde er daheim einmal umräumen müssen. Lange Zeit hatte er gewisse tatkräftige Objekte vernachlässigt, die ihm hier, am Ort der Schmach, nach und nach wieder in den Sinn kamen. Vor allem hatte er es versäumt, diese Objekte in einen näheren Zusammenhang zu bringen und damit ihre Wirkmacht zu steigern. Statt dessen lagen sie in verschiedenen Schubladen herum oder hingen in verschiedenen Zimmern an der Wand, oft halb vergessen schon beziehungsweise durch die Gewohnheit, sie zu sehen, oft genug übersehen. Er würde die Objekte nun im großen Zimmer in einer Linie aufhängen, Oberkante exakt auf einssechsundsiebzig, Unterkante natürlich nicht auf gleicher Höhe, sie waren ja verschieden groß.

Durch ihr Zusammenwirken würden neue Energien in ihn fließen. Im Nu würde das Bein vollends gesunden. Pong würde regelrecht auferstehen, tatkräftiger denn je. Aber er war dankbar. Den Schwestern Maryke und Dinka mußte er anständige Summen zukommen lassen, und Jutilein natürlich auch, Pong war ja ein Ehrenmann, der sich nicht lumpen ließ, und sein Konto war gut gefüllt. Eine Weile beschäftigten ihn die exakten Summen, die er an die drei Personen wenden wollte. Nicht so viel, daß sie gleich erschraken und sich womöglich zierten, das Geld anzunehmen, aber trotzdem stolze Beträge, die sie während ihres Dienstes von einem Kranken gewiß noch nie bekommen hatten.

Er war gerade am genauen Austarieren der zu verschenkenden Summen, da wurde er wieder gestört. Die Visite erschien, diesmal ohne Oberarzt. War das ein gutes Zeichen oder ein schlechtes? Hatte der Mann mit dem gestutzten Bärtchen aufgegeben, weil er Pongs Widerstand gespürt hatte? Oder war Pong plötzlich so unwichtig geworden, daß der Oberarzt ihn einfach vergessen hatte? Mit den Assistenzärzten, zwei Männern und einer Frau, kam Pong zwar besser zurecht, aber insgeheim wurmte es ihn doch, daß man es von übergeordneter Warte aus offenbar für unnötig befand, ihn aufzusuchen. Die Visite war schnell vorüber, eigentlich war die Dreiergruppe nur bei ihm vorbeigerauscht und hatte in dem Raum, als wäre er gar nicht vorhanden, einige Belanglosigkeiten fallengelassen; aber es war ihm gleichgültig. Heute war nicht der Tag, an dem Pong bereit war, sich zu ärgern.

Als er zufällig auf seine Hände blickte, sah er, daß sich unter den Fingernägeln Schmutzrändchen gebildet hatten. Auch gehörten die Nägel dringend beschnitten. Aber er wagte es nicht, zu klingeln und Schwester Maryke um eine Nagelschere zu bitten. Vielleicht war allgemein die Devise

ausgegeben worden, daß man ihm keine Instrumente bringen dürfe, weil er sich damit womöglich umbringen könnte. Pong mußte lachen. Sich mit einer Nagelschere umbringen! Man mußte ihm erst mal zeigen, wie das gehen sollte! Zu Hause wäre er mit seinen Nägeln sehr sorgfältig verfahren. Er sammelte die abgeschnittenen Nägel in einem Kästchen, das inzwischen schon randvoll war. Zum Aufbewahren der Nägel war er von seinem Lieblingsdichter angeregt worden. Clemens von Brentano hatte mehrere Wochen am Bett einer verzückten Nonne verbracht, die von Licht und Luft lebte, weil sie nichts aß, und Tag und Nacht von kraftvollen Visionen heimgesucht wurde. Oder sollte man lieber sagen, die auserwählt war, solche Visionen haben zu dürfen? Die Visionen handelten bevorzugt vom Leidensweg Jesu. Da wurden die Kreuzesnägel eingeschlagen, daß es nur so krachte. Die Nonne war bei allen Stationen des Weges als Zuschauerin anwesend, mehr noch, bei den Qualen, die Jesus zugefügt wurden, litt sie mit, und zwar haargenau an denselben Körperstellen. Wo die Dornenkrone bei Jesus ihre blutigen Spuren hinterließ, hatte sie rund um den Kopf Schürfwunden. An Händen und Füßen zeigten sich rote Male von den eingeschlagenen Nägeln. Und natürlich durfte die Seitenwunde nicht fehlen.

Brentano hatte die abgeschnittenen Finger- und Zehennägel der Nonne in einem Tütchen gesammelt und ihr dieses Tütchen unters Kopfkissen gelegt, um sie zu Selbstgesichten anzuregen, was allerdings nicht sonderlich gut funktionierte. Pong würde solchen Kopfkissenfirlefanz mit seinen Nägeln nicht betreiben. Ihm genügte, daß sie in einem Kästchen lagen. Wenn er das Kästchen öffnete, stieg etwas von den vergangenen Zeiten, in denen sie abgeschnitten worden waren, empor und verbreitete sich schemenhaft an der Luft, um ihn zu ergötzen.

Aus diesem Grund zog er es vor, seine Nägel nur an glücklichen Tagen zu schneiden. Heute war ein glücklicher Tag. Heute hätte er sie schneiden können. Aber, wie gesagt, keine Schere. Und auch das Kästchen nicht zur Hand, um die Nägel aufzubewahren. Sie zu schneiden und einfach wegzuwerfen kam nicht in Frage. Wer weiß, eines späteren Tages, wenn er schon im Grab lag, würde ein treuer Pong-Verwalter (den er aber erst noch würde bestimmen müssen) die verwahrten Nägel aus dem Kästchen holen und sie in die Erde stecken. Nicht in einem Haufen, sondern sorgfältig, Nagel für Nagel. Manchmal sprossen aus abgelegten Dingen die unwahrscheinlichsten Protuberanzen hervor. Zum Beispiel aus einer Kompaßnadel eine rötlichbraune Alge, was Pong bezeugen konnte, denn er war ja im Besitz dieser merkwürdigen Protuberanz. Genau gesagt handelte es sich um das Aufsitzen einer belebten Wesenheit auf einer unbelebten. Der Algenfuß saß fest auf der Metallnadel, die allerdings nicht zitterte, wie es der Fall gewesen wäre, wenn sie in einem Kompaß die Freiheit zu zittern gehabt hätte. Die Alge gedieh prächtig an dieser unerwarteten Stelle, war voller Leben, etwas schief zwar, was aber ihrer natürlichen Haltung entsprach, denn Algen hielten sich niemals gerade, weil sie von der Wasserströmung hin und her gewiegt wurden.

Pong hatte keine exakte Vorstellung davon, was aus seinen abgeschnittenen Nägeln sprießen könnte, wenn er schon tot war. Bestimmt noch nie gesehene Dinge von entwaffnender Schönheit. Es würden – und da mußte Pong wieder lachen, weil er das Wort doch etwas komisch fand – lauter *Böngeleien* daraus erwachsen, versehen mit mehr ausgedachten als wirklichen Beinchen, auf denen sie fortschlichen, fortsprangen, forthüpften und aller Welt zeigten, was eine Harke ist.

VIII

Jäh erwachte er und wußte nicht, wo er war. Traumschreie hatte er ausgestoßen und war davon hochgeschreckt. Langsam nur fand er sich zurecht und erkannte, daß er in einem Bett lag, nicht in seinem richtigen, erkannte, daß sein rechtes Bein einen Gips hatte und irgendwie hochhing. Vielleicht waren die Traumschreie nur erstickte Schreie gewesen, keine, die laut geworden waren. Die Nachtschwester wäre sonst wohl ins Zimmer gestürzt und hätte ihn geweckt. Wahrscheinlich waren seine Traumschreie in Wirklichkeit nicht lauter gewesen als die Atemgeräusche einer Maus.

Es war noch halb dunkel, aber der Morgen kündigte sich bereits an. Zwar begannen sie mit ihren Geschäften hier früher, als es zum Beispiel in Behörden oder Läden üblich war, rappelten und lärmten und stießen die Türen auf, daß es nur so krachte, aber bestimmt hatte er noch ein Stündchen Zeit, um sich unbelästigt an den Morgen zu gewöhnen. Die Traumschreie wollten ihm nicht aus dem Sinn. Pong war über das Alter hinaus, in dem man nachts Schreie ausstieß, wenn auch unhörbare. Als Kind mochte er so etwas getan haben, aber daran erinnerte er sich nicht mehr. Eigentlich war er überhaupt kein Mann, der schrie. Weder tagsüber noch in der Nacht. Die Reserviertheit, die ihn auszeichnete, ließ Schreie einfach nicht zu.

Ein Stückchen weit erinnerte er sich doch, was diese außergewöhnlichen Schreie veranlaßt haben könnte. Es brannte. Lichterloh. Ein überdimensionales Streichholz kam ihm in den Sinn, eines mit rotem Kopf; in zerdehnter Traumlänge war es fast so lang wie eine Fahnenstange. Gewiß das Werkzeug für das große Feuer, das ein ganzes Haus verzehrte. Sein Haus? War das sein Haus gewesen? Wahrscheinlich. Sonst hätte es ihn nicht so aufgeregt, sonst hätte er die Ruhe bewahrt und dem Feuer aus sicherer Entfernung zugeschaut.

Nun wurde er unruhig. Träume waren ja vielsagend und wiesen durchaus auf reale Geschehnisse hin. War sein Haus vielleicht tatsächlich abgebrannt? Während er in der Klinik lag und die Botschaft von der Katastrophe während der Nacht empfing? Hatten böswillige Nachbarn das verübt, die ihn immer schon hatten verscheuchen wollen, weil er manchmal bei sternenklarer Nacht sein großes fahrbares Fernrohr in einer stillen Straße abstellte und sich durch keinerlei Kommentare, die irgendwelche unwissenden Passanten an ihn wenden mochten, davon abhalten ließ, den Mond zu betrachten? Wenn sie ihm allzu lästig wurden, summte er ein bißchen vor sich hin. Das verscheuchte die zudringlichen Leute in der Regel. Nur einige ganz hartnäkkige Naturen hatten sich während zehn Minuten oder gar länger neben ihm aufgepflanzt, um ihn bei seinen Geschäften zu beobachten und auf ihn einzuquasseln, obwohl sie vom Nachthimmel und seinen Konstellationen nicht das geringste verstanden. Hatte einer dieser Quassler wegen strengster Nichtbeachtung seitens Pongs sich jetzt an ihm gerächt und sein Haus angezündet?

Das wäre starker Tobak. Pong konnte sich nicht recht

vorstellen, wie jemand ihn derart hassen sollte, daß er zu einem so extremen Mittel der Rache griff. Mit seinen Nachbarn stand er in kaum einer Beziehung, auch nicht in einer schlechten. Pong war ruhig, er ging seiner Wege, machte keinen Krawall, drehte die Musikanlage nie auf. Die Bäume und Büsche in seinem Garten wuchsen nicht wie wild über die Zäune der Nachbarn. Zwar grüßte er die Nachbarn in der Regel nicht, aber er bedachte sie mit einem Kopfnicken. Einmal hatte sich der Nachbarshund, ein Rauhhaardackel, unter dem Zaun durchgegraben und war in Pongs Garten aufgetaucht. Pong hatte daraus kein großes Trara gemacht, hatte den Dackel, der ihm im übrigen sympathisch war, ein bißchen gekrault – der Hund hatte sogleich Vertrauen zu ihm gefaßt, sich auf den Rücken gelegt und den Bauch hergezeigt, damit er ihn dort auch kraulen konnte –, dann hatte Pong ihn auf den Arm genommen, beim Nachbarn geklingelt und ihn zurückgegeben. Dieser Nachbar würde ganz bestimmt sein Haus nicht anzünden, warum sollte er. Pong war ja friedlich und hatte nichts gegen Hunde.

Hatte er vielleicht einen Feind, von dem er gar nichts wußte? Der Gemüsehändler zwei Straßen weiter mochte ihn nicht, das war klar. Pong hatte sich einmal darüber beschwert, daß seine Tomaten bloß nach Wasser schmeckten und nach nichts sonst, seitdem bediente ihn der Mann mürrisch und vermied es, ihm in die Augen zu blicken. Aber reichten wäßrige Tomaten für so eine haßerfüllte Tat? Den Nachbarn, der auf der anderen Seite wohnte, kannte er

4
45
2
A
B

kaum. Es hieß, er habe sein Glück mit Sanitärgeschäften gemacht. Man sah ihn so gut wie nie. Sah manchmal nur seine blondierte Frau in einen Porsche steigen. Wenn die Frau in ihren Porsche stieg, trödelte Pong vor der Haustür herum oder machte sich zum Schein am Briefkasten zu schaffen, bis sie weg war. Auch linkerhand gab es keinen Grund, sein Haus anzuzünden. Er hatte mit den Leuten noch nie ein Wort gewechselt, umgekehrt schienen sie auch nicht erpicht darauf, mit ihm in näheren Kontakt zu treten.

Aber halt! Eines hatte er nicht bedacht. Die Feuerwehraktion hatte vielleicht alles verändert. Möglicherweise hatten sich die Nachbarn nun doch gegen ihn verschworen, weil sie einen Mann, der im Baum hing, nicht länger neben sich dulden wollten. Deswegen gleich sein Haus anzuzünden erschien ihm allerdings ziemlich drastisch. War Leuten aus dem Grunewald so etwas zuzutrauen?

Schwester Erika, vielmehr Schwester Dinka, riß ihn aus seinen Grübeleien. Sie war gekommen, um Fieber bei ihm zu messen. Ihre ruhige Art, mit der sie alles betrieb, tröstete Pong. Er wagte es, sie zu fragen, ob sie vielleicht etwas von einem Brand im Grunewald wisse. Schwester Dinka schüttelte den Kopf. Sie hatte zwar im Auto die Nachrichten gehört, aber von einem Brand war nicht die Rede gewesen. »Sie machen sich Sorgen? Wegen Ihres Hauses?« fragte sie ihn, aber Pong wiegelte ab. »Neinnein, nicht wirklich«, sagte er, »alles halb so wild, gut möglich, daß ich das Ganze nur geträumt habe.« »O ja«, sagte Schwester Dinka,

»das kenne ich. Man träumt manchmal das unmöglichste Zeug und kann sich nur schwer daran gewöhnen, daß nichts davon stimmt.«

Gottlob nahm die Schwester alles auf die leichte Schulter und stellte keine bohrenden Fragen, wie es der Weißkittelmann getan hätte. Sie hatte etwas so Vertrauenerweckendes, daß all die Probleme, die immerfort herumschwirrten, zu Lappalien schrumpften. Auch dafür war er ihr dankbar.

Vielleicht nahm er das Leben zu schwer. Er durfte das Leben nicht so schwer nehmen. Leichtsinnig lebte es sich besser. Aber Pong hatte leider keine Vorstellung davon, wie man es anstellte, leichtsinnig vor sich hinzuleben, herumzugaukeln wie ein Schmetterling. Tatsächlich war gerade ein Pfauenauge zu ihm ins Zimmer geflogen. Pong liebte Schmetterlinge, die Nachtfalter etwas weniger als die Tagfalter. Wenn er zu Hause einen fand, bugsierte er ihn vorsichtig auf ein Blatt Papier, möglichst ohne seine Flügel zu berühren, und entließ ihn ins Freie. Diesen Dienst konnte er dem Pfauenauge jetzt nicht erweisen. Das mußte selbst zurück nach draußen finden. Aber im Moment saß es auf dem hellen Vorhang und rührte sich nicht. Im übrigen war das Pfauenauge zu früh dran. Wenn es mit rechten Dingen zugegangen wäre, hätte sich der Schmetterling erst in einigen Wochen gezeigt. Pong überlegte, ob das vielleicht ein Hinweis war. Ob die rostroten Flügeldecken, die im Moment allerdings nicht zu sehen waren, weil der Falter die Flügel zusammengeklappt hatte, ihn warnen sollten, daß die Sache mit dem Brand noch längst nicht ausgestanden war, daß sich dieser Brand vielleicht erst in der Zukunft ereignen würde, aber dann mit derselben zerstörerischen Energie wie in seinem Traum. Ob die vier Augen, die auf den Flügeln aufgemalt waren, ihn, Pong, daran erinnern sollten, daß das Universum ein Auge auf ihn hatte, nicht eins, sondern vier, was den Himmelsrichtungen entsprach.

Da klappte der Falter seine Flügel auf und schoß einen Farbblitz auf ihn ab. Ein bißchen zitterte er an der Luft, die zum Fenster hereindrang, dann flog er davon. Pong gab diese Begegnung noch lange zu denken. Auf ihn gemünzt war sie sicher. Rein zufällig hatte sich das Pfauenauge bestimmt nicht sein Zimmer ausgesucht. Pong lebte nicht einfach so dahin, sein Leben war von Anspielungen begleitet. Teils trugen unbelebte Objekte solche Anspielungen aufgeprägt auf ihrer Haut, teils zeigten belebte Wesen sie unverhohlen. Den Objekten waren eher nachbedeutende Anspielungen zuzutrauen, den Wesen hingegen vorbedeutende, und sie konnten meistens fliegen. Nichts leichter, als ihm mit einem roten Farbschuß anzudeuten: Paß bloß auf! Bald wird etwas, was dir lieb und teuer ist, in Flammen aufgehen!

IX

Was für ein Tag war denn heute? Pong war schon so durcheinander, daß er nicht mehr den Wochentag wußte, das Datum erst recht nicht. Aber er wagte es nicht, jemanden danach zu fragen. Für dumm oder altersvergeßlich wollte er nicht gelten. Heute war eh alles irgendwie anders. Man schob sein Bett an eine andere Stelle, weiter nach vorne, zum Fenster hin. Pfleger, die er nicht kannte, machten sich daran zu schaffen. Pong war so aufgescheucht und von wimmelnden Ideen besetzt, daß er nicht wissen wollte, was das denn zu bedeuten habe.

Das Allerschlimmste trat ein. Ein anderes Bett wurde hereingeschoben, mit einem anderen vergipsten Mann darin. Das war ja noch schöner! Pong war außer sich. Man mutete ihm einen Bettgesellen zu. So weit war es also gekommen. Lauthals seinen Unmut herausschreien konnte er nicht. Ein fremder Mann! In seinem Zimmer! Das inzwischen natürlich ein Pong-Zimmer war, ganz und gar ein Pong-Zimmer. Er blieb stumm wie ein Fisch, aber innerlich kochte er. »So, nun haben Sie Gesellschaft«, sagte der blöde Fritze noch, der das Bett vorneweg gezogen hatte, und der zweite blöde Fritze, der es geschoben hatte, ergänzte: »Ist doch schöner, wenn man sich ein bißchen unterhalten kann. Machen Sie's gut!«

Der Mann im Bett gegenüber sagte erst einmal nichts. Gut – er war wenigstens vorläufig, aber wahrscheinlich nur vorläufig, still. Doch das half wenig. Er war ja da. Aufdring-

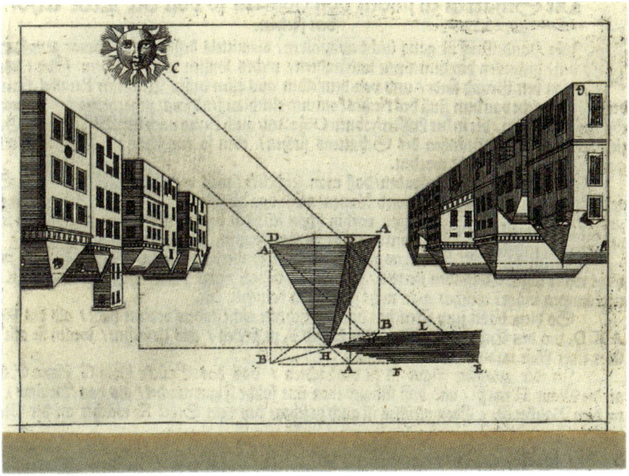
C
D
A
D
A
B
L
B
H
A
F
E

lich anwesend. Pongs Gedanken rasten um den Mann herum. War er dick, dünn, groß, klein, dumm oder helle? Ein Hochstapler, ein Aufschneider oder eine unscheinbare Büromaus, womöglich der Angestellte einer Sparkasse? Einer, der an der Kasse den Kunden das Bargeld vorzählte? Oder ein Automechaniker, der mit Schmieröl in Kontakt kam? Dick schien er nicht, dazu lag er zu vergraben in seinen Kissen, und in der Bauchgegend wölbte sich kein Berg. Pong linste ein wenig hinüber und sah auf dem Nachttisch eine randlose Brille liegen. Daneben der übliche Medikamentenkram. Da lag auch noch ein Buch auf dem Nachttisch. Pong hätte viel dafür gegeben, herauszubekommen, was das für ein Buch war. Aber dazu hätte er sich vorbeugen und hinüberstarren müssen. Das konnte er allenfalls tun, wenn der Mann eingeschlafen war. Doch woran würde Pong merken, daß der da drüben schlief? Schnarchte er etwa? Das wäre die Höhe! Ein Schnarcher in seinem Zimmer! Pong würde kein Auge zubekommen, wenn der da drüben in der Nacht loslegte. Im Moment blieb es aber still. Der Mann rührte sich nicht. Ist er vielleicht schon tot? überlegte Pong, oder steht er noch unter Narkose? Fragen über Fragen, die Pong die Haare zu Berge stehen ließen, weil er auf keine eine Antwort fand.

Nach etwa zehn Minuten tat der Mann einen Atemzug, den man auch als Seufzer interpretieren konnte. Ein winziger Seufzer nur, aber immerhin, ein Lebenszeichen. Aha, sagte sich Pong, er lebt. Aber schon rasten seine Gedanken wieder los. Roch der Mann von da drüben? Würde er das Zimmer verpesten? Würde er unentwegt die Flimmerkiste laufen lassen, und Pong würde sich ein Handtuch als Binde über die Augen legen müssen, um halbwegs bei Verstand zu bleiben? Würde der Mann ständig Besuch bekommen, den Besuch von einer Frau etwa oder von Kindern, die scheußliche Schnittblumen mitbrachten und das Zimmer mit dummen Redensarten füllten? Oder hatte er noch eine alte Mutter, die ständig in Gejammer ausbrach?

Alles war verkehrt. Die ganze Welt war verkehrt. Die Pyramiden von Gizeh standen kopf, die Sphinx lag auf dem Rücken, alle Häuser standen kopf, und trotzdem leuchtete die Maisonne und tat so, als schiene sie gutmütig auf eine Welt herab, die ganz in Ordnung war. Nichts war in Ordnung, nichts, nichts, nichts! Alles war verkehrt! Kapierte das denn keiner!

Gottlob, Schwester Erika kam. In seiner Aufregung vergaß er, sie bei ihrem richtigen Gedankennamen zu nennen. Offenbar schlief der Mann da drüben, denn sie schaute nur kurz zu ihm hin und widmete sich dann Pong, sprach mit leiser Stimme, war ein bißchen bekümmert darüber, daß er das Frühstück nicht angerührt hatte. »Wenn man mich derart kalt überrascht, kann ich nichts essen«, sagte Pong. Schwester Erika strich ihm begütigend über die Hand. »Ich verstehe Sie gut, das ist alles nicht so einfach für Sie. Für mich wäre es das auch nicht, wenn ich hier im Bett läge, ganz bestimmt nicht.« Egal, was sie sagte, ihre Stimme klang wohltuend. Pong beruhigte sich tatsächlich ein bißchen.

Der Mann rührte sich immer noch nicht. Irgendwann kamen der Oberarzt und ein Assistent zu unüblicher Zeit, denn es war schon Nachmittag. Tee und Kuchen waren gerade abgeräumt worden. Der Mann hatte nichts gegessen, während Pong sehr für sich, so weit abgewandt vom anderen Bett wie nur möglich, seinen Kuchen vertilgt hatte. Pong fand, daß sie ziemlich viel überflüssiges Theater um diesen Mann machten. Wer war der denn überhaupt? Nun, er schien *Malincrodt* oder so ähnlich zu heißen. Und er trug vor dem Nachnamen ein *von*. Bestimmt ist diese maligne Kröte ein Schwindler, sagte sich Pong, einer von denen, die sich ein Adelsprädikat selbst verleihen oder von irgendwem kaufen. Offenkundig war der Hochstapler da drüben wach, gab seine Antworten aber mit so schwacher Stimme, daß Pong trotz gespitzter Ohren kaum etwas verstand. Oder war der Kerl ein Simulant, dem überhaupt nichts fehlte? Der absichtlich mit so schwächlicher Stimme sprach, als müsse er gleich abkratzen?

Das Abendbrot rührte der Hochstapler nicht an. Draußen im Park lärmten Kinder und wurden von ihren Müttern gerufen. Die Sonne stand schon tief. Bald würde es dunkel werden. Der Mann im anderen Bett machte keine Anstalten, sich der Fernbedienung zu bemächtigen. Aber nun empfand Pong urplötzlich eine unbändige Lust, fernzusehen. Egal was. Eine amerikanische Krimiserie. Eine fade Dokumentation. Was auch immer. Wenn er aber nun den Fernseher einschaltete, gab er dem da drüben einen Freibrief, es alsbald selber zu tun. Dann hätte Pong ab jetzt abendelang damit zu kämpfen, daß er sich ein lächerliches Programm würde ansehen oder sein Gesicht mit einem Kissen bedecken müssen. Obwohl es ihn hart ankam, gerade heute auf das Fernsehen zu verzichten, erschien es ihm klüger, den Apparat nicht einzuschalten, um dem anderen keinen Vorwand zu liefern, seinerseits mit dem Fernsehen anzufangen. Pong stellte sich die schlimmen Sendungen vor, die der da drüben wohl liebend gern anschauen würde. Irgend so ein dummes Gequassel, bei dem Frauen herumkrähten wie nicht gescheit und scheußliche Männer sich wichtig nahmen wie zum Beispiel dieser abgehalfterte Industrieboß namens Olaf. Männern, die Olaf hießen, sollte man sofort den Mund verkleben, weil nur dummes Zeug aus ihren Sprechschlitzen quoll!

Aber es konnte sogar noch schlimmer kommen – das Schlimme war ja noch und noch steigerungsfähig –, wahrscheinlich war der Mann da drüben, der jetzt so tat, als könne er kein Wässerchen trüben, auf blödsinnige Scheinabenteuer aus, die für saudumme Kandidaten in einem Pappmachédschungel ersonnen worden waren. Der Gipfel der Idiotie! Kriechzeug fressen, in scheußliche Brühen tauchen, sich beim Pinkeln filmen lassen und den lieben langen Tag schwätzen, schwätzen, schwätzen, dümmer als dumm daherschwätzen. Ja, genau solche Sendungen würde der Mann da drüben lieben und sie von jetzt an jeden Abend Pong servieren, um zu testen, wann er endlich so weit war, aus dem Bett zu humpeln und sich aus dem Fenster zu stürzen. Aber da hatte sich der Kerl verrechnet! Bevor sich Pong aus dem Fenster stürzte, würde er erst zu diesem verdammten Malincrodt hinüberhumpeln und ihn mit einem Kissen ersticken. Gegenwehr war ja nicht zu erwarten. So, wie der dran war, hätte Pong leichtes Spiel.

Er horchte auf die Atemzüge des anderen. Aber sie blieben so leise, als läge da drüben wirklich ein Toter im Bett. Obwohl diese vollkommen stille Art im Grunde ein Vorteil war, regte sie Pong auf. Weil sich der Mann kaum rührte und nicht sprach, war er in ein Geheimnis eingesponnen, das Pong keine Ruhe ließ. Pong hatte seine kleine Nachtbeleuchtung an, der Mann lag im Dunkeln. Vielleicht war das ein Trick. Vielleicht konnte der da drüben aus dem Dunkel heraus Pong gründlicher beobachten als Pong ihn. Er löschte das Licht, um selber unerkannt zu bleiben. Aber von draußen leuchteten die Lichter aus anderen Patientenzimmern herein, auch zeigte sich schon der Mond. Zwar befand sich der Mond bereits in seiner abnehmenden Phase, aber er besaß immer noch Kraft genug, um das Zimmer zumindest schemenhaft auszuleuchten.

X

Erst gegen Morgen tat Pong ein Auge zu. Er hatte fast die ganze Nacht wachgelegen und auf die Geräusche des Mannes von drüben gelauscht. Aber nein. Nichts. Der Mann schnarchte nicht, er rührte sich nicht. Blieb vollkommen still. Pong wunderte sich sehr. Er selbst war ja ein Meister im Leisesein, aber der Mann von drüben schien ihn in dieser Kunst zu übertreffen. Womöglich wollte er mit Pong in einen Wettstreit treten, wer der Leiseste von ihnen war. Pong fühlte sich verpflichtet, in diesem Wettstreit nicht zu unterliegen, und rührte sich nun seinerseits keinen Millimeter mehr in seinem Bett. Aber diese Übung war anstrengend. Er hätte sich gern am Hintern gekratzt oder das Kopfkissen mal wieder zusammengestaucht. Endlich überwältigte ihn der Schlaf, aus dem er erst emporfuhr, als die Morgenschwester hereinkam, um sein nicht vorhandenes Fieber zu messen.

Natürlich maß sie auch drüben Fieber und schüttelte dazu besorgt den Kopf. Sie redete ein bißchen auf den Mann ein, aber der schien sich mit einem Kopfnicken zu begnügen, falls er überhaupt reagierte. Etwas später wurden die Frühstückstablette auf die Nachttische gestellt, aber der Mann rührte davon nichts an. Pong überlegte, ob er nun seinerseits auch auf das Frühstück verzichten sollte, weil sich der Wettstreit inzwischen vom Nicht-Bewegen auf das Nicht-Essen ausgedehnt hatte. Da erklang von drüben her eine leise Stimme: »Ich wünsche Ihnen einen guten Appetit. Ich mag noch nichts essen, aber Sie können bestimmt essen für zwei.« Pong war so verblüfft, daß er im ersten Augenblick gar nicht reagieren konnte. Mit einiger Verzögerung bedankte er sich und sagte noch: »Dann habe ich also Ihre Erlaubnis, zuzugreifen.« »Die haben Sie, jaja, die haben Sie«, sagte der Mann.

Pong war von der Wendung der Verhältnisse so vexiert, daß er sich höchst umständlich an dem Tablett zu schaffen machte. Um ein Haar hätte er den Tee verschüttet. Es rappelte nur so in seinem Kopf. Immerhin, der Mann war ja höflich gewesen. Und schien die kurzen Sätze, die sie miteinander gewechselt hatten, nun nicht als Freibrief zu nehmen, pausenlos auf ihn einzuschwätzen. Eigentlich hat er sich tadellos benommen, sagte sich Pong, aber dann keimte in ihm doch wieder der Verdacht, daß es vielleicht ein Trick sei.

Stille war eingekehrt, in die Pong intensiv hineinhorchte. Nach einer Weile meldete sich die Stimme von drüben: »Ich habe mich Ihnen noch gar nicht vorgestellt. Malincrodt mein Name, Eduard.« Pong sagte nur: »Pong!«, und nichts weiter. »Sehr schön«, sagte der Mann. »Freut mich, Herr Pong.«

Dann trat wieder eine längere Pause ein. Jutilein betrat das Zimmer mit geschultertem Mop. Sie stellte das Putzzeug ab, trat sofort an Pongs Bett, grüßte wie ein Kapitän mit der Hand an einer nicht vorhandenen Mütze und kramte ein Photo aus der Kitteltasche. »Hab' Ihnen eins mitgebracht«, sagte sie und reichte es Pong. Er nahm das Bild

PICTURE FRAME MAKER

vorsichtig in die Finger. Tatsächlich! Ein gelber Kanarienvogel mit einem Fleck auf dem Kopf. Der Fleck natürlich nicht so groß wie der auf dem Kopf von Gorbatschow, aber der Vogelkopf war ja auch erheblich kleiner. Pong bedankte sich gerührt. Jutilein hatte ihn nicht vergessen! Jutilein hatte ihr Versprechen gehalten. Mit dem Finger strich Pong zart über das Vogelköpfchen hin: »Es ist ein ganz besonderer Vogel«, sagte er, »ich verstehe sehr gut, daß Sie ihn lieben.« »Tu ich«, sagte Jutilein, »obwohl er nich' sprechen tut.«

Dann nickte sie kurz zu Malincrodt hinüber und nahm ihre Arbeit auf. Als sie fertig war, verabschiedete sie sich von Pong, indem sie wie eine tanzende Indianerin den Mop schüttelte, und zack! fiel die Tür unsanft ins Schloß. »Da haben Sie ja eine Freundin gewonnen«, sagte Malincrodt. Pong überlegte, ob das vielleicht ironisch gemeint sein könnte. Aber es war ganz nüchtern gesagt worden, wie eine Feststellung eben. »Ja«, sagte Pong, »sie hat mich mal aus einer Notlage befreit, seitdem sind wir Freunde. Zu Anfang nicht. Da hat sie mich erschreckt. Weil sie so laut mit dem Mop herumfuhrwerkte, besonders unter meinem Bett.« Der Mann von drüben lachte ein kleines Lachen, das fast wie ein Kinderlachen klang: »Kann ich mir vorstellen. Mir hat sie auch einen Schrecken eingejagt.«

Die Visite kam und scharte sich eifrig um das Bett des Nachbarn. Pong ärgerte sich, daß man ihn wieder so vernachlässigte. Weil Jutileins Besuch ihm dafür allein gegolten hatte, war sein Ärger jedoch gemildert. Der Tag schlich dahin. Was den Mann im anderen Bett anlangte, war Pong nun deutlich weniger nervös, auch wenn noch längst nicht alle Zweifel ausgeräumt waren. Im Laufe des Nachmittags erfuhr Pong, daß Malincrodt ein Architekturbüro leitete, auf einer seiner Baustellen unglücklich ausgerutscht war und sich das Bein gebrochen hatte. Ein komplizierter Bruch. Wahrscheinlich komplizierter als der Beinbruch Pongs.

In Gedanken verwandelte Pong seinen Bettnachbarn nun in einen altmodisch gekleideten Herrn mit Zylinder und Spazierstock, der von oben herab auf ein wohlproportioniertes Haus sah, das seiner Reißfeder entsprungen war. Allein daran, wie er Malincrodt verwandelte, ihm einen schönen Bart umhängte, den er in Wirklichkeit nicht hatte, erkannte Pong, daß er seinem Nachbarn inzwischen wohlgesinnt war. Zumindest hatte sich seine Verstimmung gelegt. Er wagte sich sogar so weit vor, Malincrodt zu fragen, was er denn für ein Buch auf dem Nachttisch liegen habe. »James Joyce, *Ulysses*«, sagte Malincrodt. »Ich habe in dieses Buch nie richtig hineingefunden. Mal sehen, ob ich es jetzt kann. Genügend Zeit und Ruhe werde ich ja haben, mich darin zu vertiefen.« »Ach«, sagte Pong, »da geht es Ihnen ähnlich wie mir. Ich habe schon zweimal versucht, durch diesen Roman zu kommen, aber immer wieder wurde ich abgelenkt und kam einfach nicht weiter, dann mußte ich ihn liegenlassen. Er steht noch heute ziemlich ungelesen im Regal.«

Als es Abend wurde, meldete sich die Stimme des Mannes wieder. »Ich will Sie auf keinen Fall belästigen«, sagte er, »wirklich ganz und gar nicht. Sagen Sie einfach nein, wenn Sie nicht wollen.« Pong war sofort alarmiert. Würde Malincrodt jetzt mit einem abscheulichen Wunsch herausrücken, den ihm Pong nicht würde abschlagen können, nachdem Malincrodt ihn mit seiner verwünschten Höflichkeit wehrlos gemacht hatte?

Es stellte sich heraus, Malincrodt wollte später den Fernseher einschalten, um *Monk* zu sehen. Pong war verblüfft. Mehr als das. Er war völlig perplex. War Malincrodt inzwischen in die geheimen Gehirnwindungen Pongs gekrochen, hatte dessen Wünsche ausgekundschaftet und rückte nun damit heraus, als wären es seine eigenen? Pong wünschte sich nämlich nichts sehnlicher, als ebenfalls *Monk* zu sehen, auch wenn es heute nur eine Wiederholung gab, die er schon kannte. Es dauerte, bis er imstande war, zu antworten. Malincrodt interpretierte dieses Zögern dahingehend, daß es Pong vielleicht nicht recht war, wenn der Fernseher eingeschaltet wurde. »Neinnein«, sagte Pong, »ganz und gar nicht. *Monk* sehe ich sehr gern. Ich war nur erstaunt, daß Sie offenbar denselben Wunsch hegen.« »Tja, sehen Sie«, sagte Malincrodt, »das nenne ich Glück. Ich glaube, wir werden uns vertragen.«

Monk war heute nicht ganz so komisch, wie er es in der letzten Folge gewesen war. Aber gewisse Höhepunkte hatte die Sendung doch zu bieten, über die sie beide herzhaft lachen mußten, was sich kurios anhörte, weil sie ja Kopfhörer aufhatten. Malincrodt war noch nicht genügend bei Kräften, um laut herauszulachen. Sein Lachen hörte sich eher an, als würde ein kleines Tier das menschliche Gelachter imitieren. Komisch war zum Beispiel die Szene, in der der Hauptkommissar bei Monk einzog, weil er mit seiner Frau nicht mehr auskam. Er, der im Büro immer korrekt gekleidet war, Anzug und Krawatte trug, fläzte sich urplötzlich im T-Shirt auf Monks Sofa und legte die Füße auf den Tisch, wobei Monk den Tisch immer wieder um einige Zentimeter verrückte, weil er früher, als seine Frau noch lebte, in ebenjener leicht schrägen Tischposition ferngesehen hatte, während sein Vorgesetzter den Tisch immerzu in die gerade Position rückte und die Füße gleich wieder draufpflanzte, was Monk dazu bewog, diese Vorgesetztenfüße jedes Mal säuberlich mit einer Papierserviette zu unterlegen. Das Spiel konnte endlos so weitergehen. Pong hätte gut und gern noch fünf Wiederholungen vertragen. Jedes Mal drang aus den beiden Betten Gelächter, ein kräftiges aus dem linken Bett, ein gebrechliches, bißchen mit Hüsteln durchsetztes, aus dem rechten Bett. Wer hätte das gedacht, sagte sich Pong, als er den Fernseher ausschaltete, daß ich mit einem wildfremden Mann so gut auskomme, der ohne Vorwarnung in mein Zimmer geschoben wird. Sie wünschten einander höflich Gutnacht. Pong schlief alsbald ein, schlief dick und fest wie noch keine Nacht zuvor in diesem Krankenzimmer.

XI

Erfrischt wachte Pong auf, als Schwester Mandy, beziehungsweise Schwester Maryke, hereinkam. Seit er hier war, war es das erste Mal gewesen, daß er nicht bemerkt hatte, wie die Nachtschwester ins Zimmer geschaut hatte. Obwohl sie sich auch ein wenig mit Malincrodt beschäftigte, wandte sich Schwester Maryke doch um einiges vertrauter Pong zu. Er war aber in großzügiger Verfassung und hätte es ohne weiteres ertragen, wenn sie mehr Zeit an Malincrodt gewendet hätte. Schließlich war der kränker als er. Malincrodt schien aber immer noch zu schlafen oder wenigstens zu dösen, er war wohl ganz und gar erschöpft. Inzwischen glaubte Pong nicht mehr, daß es sich um einen Simulanten handelte, der sich mit seinem Bein bloß aufspielen wollte. Im Gegenteil, er begann sich Sorgen um Malincrodt zu machen, denn der wirkte heute noch schwächer, als er gestern schon gewesen war. Gegessen hatte er immer noch nichts, bloß paar Schlückchen getrunken. So durfte das nicht weitergehen. Der Mann fiel ja vom Fleisch. Er war eh dünn, wie sich Pong inzwischen vergewissert hatte, denn nun gab es keine Hemmungen mehr, sich ein bißchen aufzurichten und zu seinem Nachbarn hinüberzublicken. Zwei sehr dünne Arme lagen auf der Bettdecke, und das Gesicht mit den zugefallenen Augen wirkte im Profil spitz. Malincrodt hatte eine ordentliche Nase. Pong mochte Männer mit Stupsnase nicht leiden. Gottlob besaß sein neuer Freund eine Nase, die sich sehen lassen konnte.

Schwester Mandy machte sich nun doch etwas länger am Bett seines Nachbarn zu schaffen. Sie schien beunruhigt, vielleicht, weil Malincrodt sich weigerte, richtig aufzuwachen und zu sprechen. Dann eilte sie schnellen Schrittes, ohne sich von Pong verabschiedet zu haben, hinaus. Bald darauf kam einer der Assistenzärzte herein und beugte sich ebenfalls über Malincrodt. Pong beachtete er erst gar nicht. Auch der Assistenzarzt verschwand raschen Schrittes. Und wenig später kamen zwei Pfleger herein. Sie ließen die Tür offenstehen, entspannten den Hebel von Malincrodts Bett und fuhren ihn hinaus.

Tür zu. Pong war allein.

Es dauerte, bis er seine Fassung wieder fand. Noch war er zu entsetzt, um zu weinen. Ausgerechnet jetzt, wo er einen Freund gefunden hatte, womöglich den Freund seines Lebens, mit dem er in Zukunft die Abende würde verbringen können, wurde dieser sang- und klanglos weggeschafft. Pong kam sogar das unschöne Wort *entsorgt* in den Sinn. Was um Gottes willen machten sie mit ihm? Als Schwester Mandy wiederkam, die er in der Aufregung vergaß, Maryke zu nennen, fragte er sie, was denn los sei. »Es geht ihm sehr schlecht«, sagte sie, »wir wissen es noch nicht genau. Mit dem gebrochenen Bein allein hat es jedenfalls nichts zu tun.«

Als sie wieder fort war, begann Pong tatsächlich zu weinen. Dicke Kindertränen rollten über seine Backen. Der einzige Freund, den er je gehabt hatte! Kaum gewonnen, schon verloren! Er wies das Mittagessen zurück. Keinen

Bissen würde er zu sich nehmen. Sein Freund in Not, unfähig, zu essen, womöglich unfähig, zu atmen. Er, Pong, würde sein Leiden teilen und vorläufig das Essen einstellen.

Malincrodts Nachttisch hatten sie noch nicht hinausgeschafft. Darauf lag immer noch das zugeklappte Buch. So viel hatte Pong von dem Buch noch in Erinnerung: es war quicklebendig, ja, es prahlte regelrecht damit, daß es so voller Leben war, obwohl darin auch ein Begräbnis vorkam, denn soweit war Pong mit seiner Lektüre immerhin gekommen. Ein Paddy Dignam wurde da beerdigt und die Kutsche mit dem Sarg von einer Herde Vieh aufgehalten, die auf dem Weg ins Schlachthaus war. Paddy Dignam ähnelte Eduard von Malincrodt natürlich in keiner Weise. Pong befaßte sich mit dem Gedanken, in den *Ulysses* einen kleinen Generator einzubauen, ein lebenserhaltendes Maschinchen, das rädelte und ratterte, vielleicht sogar ein bißchen dampfte, ein Maschinchen, das durch seine stetige und zugleich vergnügte Art Malincrodt die Botschaft übermittelte: Stirb nicht! Es gibt weißgottwas zu tun, und es ist noch längst nicht aller Tage Abend, heute ist nur einer dieser langweiligen Sonntage, aber über den kommst du hinweg, du mußt nur vor dich hinatmen, gerade so wie der Mechanismus in diesem Buch vor sich hinrattert, du mußt nur fleißig essen, mußt fleißig trinken und Gott einen guten Mann sein lassen, dann kommt alles in Ordnung!

So einen Buchgenerator hatte er schon einmal gesehen. Er hätte das Stück liebend gern seiner Sammlung einver-

leibt. Aber es aus dem kleinen Museum zu stehlen, in dem der Buchgenerator seine Arbeit versah, das hatte er sich nicht getraut. Außerdem war Stehlen gegen seine Prinzipien. Mundraub ja. Stehlen nein. Pong verzettelte sich bei einer umständlichen Denkübung, weshalb der Mundraub erlaubt war, das Stehlen aber nicht. Bis er sich selbst ermahnte, endlich wieder zu seiner Hauptsorge zurückzukehren, und die hieß Malincrodt, Eduard von Malincrodt. Was war geschehen? Würde sein neuer Freund zu ihm zurückkehren oder nicht? Sah er ihn vielleicht nie wieder? Und wenn ja, was würde er denn für ein Begräbnis erhalten? Hatte er eine Frau, womöglich sogar Kinder? Oder würde nun er, Pong, als sein einziger Freund sich um das Begräbnis kümmern, den Grabstein aussuchen und die Inschrift bestimmen müssen? Pong kam ins Grübeln, wie die Inschrift denn lauten könnte. Da er das Geburtsdatum seines Freundes nicht wußte, kam nur das Sterbedatum in Frage. »Eduard von Malincrodt, frei geboren, gestorben am 12. Mai 2009«. Und in kleiner, bescheidener Schrift, ein wenig darunter: »In tiefer Trauer«, und wieder eine Zeile darunter: »Pong, sein alleiniger Freund«.

Die Fahrt zum Friedhof durfte dagegen ruhig spektakulär sein. Pong war zwar nicht bekannt, daß es in der Stadt üblich war, mit einem Vierergespann Rappen zum Friedhof zu fahren, aber das sollte ein lösbares Problem sein. Pong würde die Kutsche und die Rappen schon irgendwo auftreiben. Zur Not würde er in dem Reiterhof im Grunewald vorstellig werden und dort um Rat fragen. Aber, aber, nicht so geschwind, sagte sich Pong und schüttelte über so viel vorausgaloppierende Planung den Kopf. Noch ist er nicht gestorben, und noch bin ich nicht geheilt, daß ich hopplahopp aus dem Bett springen könnte, um sein Begräbnis zu organisieren.

Gottlob kehrte Schwester Mandy am Nachmittag wieder, und er scheute sich nicht, sie zu fragen, wie es dem Kollegen Malincrodt denn gehe. »Etwas besser«, sagte Schwester Mandy-Maryke, »aber es wird eine ganze Weile dauern, bis er wieder auf die Beine kommt.« Pong verbiß sich die Frage, ob Malincrodt denn heute schon in das angestammte gemeinsame Zimmer zurückkehren würde, aber die Antwort lieferte die Schwester aus freien Stücken: »Er liegt momentan auf der Intensivstation, und wir wissen nicht, wie lange er da bleiben wird.«

Die Antwort konnte Pong nicht sonderlich beruhigen. Gut und schön, Malincrodt war also nicht gestorben. Die Friedhofsideen konnte er fürs erste wieder ad acta legen. Aber wenn das noch eine Ewigkeit dauerte, bis der Freund in das gemeinsame Zimmer zurückverlegt werden konnte, dann war Pong vielleicht schon entlassen und längst zu Hause, und was sollte dann aus ihrer noch jungen Freundschaft werden? Die nun hätte vertieft werden müssen, von Bett zu Bett, von einer Folge *Monk* zur nächsten Folge *Monk*, damit sie sich später auch draußen bewährte, in der freien Wildbahn, wo nichts so war, wie es einst im Krankenzimmer gewesen war, wo die Arbeit des Architekten dazwischenfunkte, wo andere Leute dazwischenfunkten, wo Pong womöglich endlos am Telephon ausharren mußte, bis Malincrodt ihn schließlich anrief, um eine Verabredung für eine weitere gemeinsame Folge *Monk* zu treffen.

XII

Ein neuer Montag schlich heran. Er versprach, ein grauer Tag zu werden. Der Himmel war bedeckt. Fiebermessen. Frühstück. Waschen. Altbekannt. Pong war traurig. Er vermißte seinen neuen Freund, vermißte ihn so sehr, daß ihn nicht einmal Jutilein aufheitern konnte, die ihm lachend erzählte, wie sie dem Kanarienvogel versucht hatte, klarzumachen, daß sein Bild jetzt bei einem Mann im Krankenhaus war, der sich sehr für ihn interessierte. »Bitte richten Sie dem Vogel meine allerherzlichsten Grüße aus«, sagte Pong zum Abschied, aber er sagte es etwas lahm, jedenfalls nicht mit dem Schwung, den es gebraucht hätte, um Jutilein noch einmal zum Lachen zu bringen.

Die Visite beschäftigte sich heute nur mit ihm. »Sieht gut aus«, sagte der Oberarzt, nachdem er sein obligatorisches »Wie geht's uns denn heute« herausgeschmettert hatte. »Wenn das weiter so gut läuft, kann der Gips bald ab!« Dann pochte er zum Abschied zweimal an selbigen Gips, und gleich darauf rauschten die Weißkittel wieder hinaus. Die Auskunft konnte Pong nicht recht trösten. Zwei, drei Tage vorher hätte er sich über solche Aussichten gefreut. Jetzt konnte er nur daran denken, daß man ihm vielleicht schon den Entlassungsschein überreichte, bevor Malincrodt ins Zimmer zurückgefahren wurde.

Normalerweise rettete sich Pong an schlechten Tagen durch Gedankenjagden, Ideenstürme, das Schmieden von ausgetüftelten Plänen. Heute gelang ihm nichts dergleichen.

Seine Gedanken schlichen müde dahin, sie hatten jegliche Frische verloren. Er verspürte kaum Hunger, kaum Durst, alles war ihm egal. Vielleicht war es besser, gar nicht erst auf die Welt gekommen zu sein. Zumindest verdiente die Welt keinen Pong. Aber selbst diese Idee war nicht so erhebend, wie sie an normalen Tagen hätte sein können. Er schlief ein bißchen, wachte ein bißchen, döste ein bißchen, aber nichts bewegte ihn. Wäre der Freund gestorben, hätte er wenigstens echte Trauer verspürt, ja, Pong wäre sogar bis zum Rand des Schädels damit erfüllt gewesen. Und natürlich wäre er von der Trauer in eine ganz neue Seinsverfassung gehoben worden, eine edle, entrückte. Aber so? Ein Freund, den er wahrscheinlich nie mehr wiedersah, der sich einfach verlor, als hätte es ihn nie gegeben, der bewirkte nur Leere, einen schweren Kopf und schwere Glieder, von seinem vergipsten Bein abgesehen, dessen Schwere er nicht einschätzen konnte, weil es nicht auf der Matratze lag, sondern in der Luft hing.

Es hatte auch nichts genutzt, daß sein Bett heute frisch bezogen worden war. Von frischer Bettwäsche umgeben, fühlte er sich sonst immer wohl. Heute konnte es ihm keiner recht machen. Die nicht, und der nicht, und die nicht. Was war er denn eigentlich? Hundemüde nicht, verzweiflungsmüde auch nicht. Konnte einen die Leere denn müde machen? Aber selbst diese Frage, die er sonst mit Freuden aufgegriffen und mit Lust, reich an Worten und Widerworten, hin- und hergewälzt hätte, zündete überhaupt nicht.

Blindschleiche. Das war das einzige Wort, das zu seinem Zustand paßte. Und dann fiel ihm noch die Farbe Grau ein. Mausgrau, hellgrau, dunkelgrau. Bei dem Wort *dunkelgrau* kam ein Hauch von Leben in seine Gedanken. Das geheimnisvollste Objekt, das er zu Hause verwahrte, bestand aus einem dunklen Blechstück, darauf montiert eine Spirale mit zwei umwickelten Drähten, die in kleine messingfarbene Auffangvorrichtungen mündeten. Pong hatte immer gerätselt, wozu das Objekt taugte. Ob seiner Düsternis verbreitete es eine gefährliche Aura. Deswegen wurde es, dem Blick entzogen, von Pong in einer Schublade aufbewahrt. Jetzt wußte Pong auf einmal, was es damit auf sich hatte. Das verdrahtete Blechding war ein Verdrußgenerator. Wer ihm zu nahe kam, wurde vom Verdruß gepackt und in eine grauschwarze Gedankenhölle versetzt. Immer schon hatte sich Pong gewundert, weshalb er, sobald er dem Objekt zu nahe kam, von unfaßbar trüben Gedanken heimgesucht wurde. Kopfhängerisch war ihm jedes Mal zumute, seine Glieder wurden schlapp, oft hatte dieser bedrückende Zustand mehr als eine Stunde gewährt. Klugerweise hatte Pong das Objekt schon vor langer Zeit in die Schublade gepackt und seither nicht mehr angesehen, geschweige denn berührt. Auch wenn er bald nach Hause kam und seine wichtigen Krafthelfer wie geplant in einer Reihe an die Wand hängte, den Verdrußgenerator sollte er lieber in der Schublade lassen, denn er besaß mehr Kraft als alles, was da sonst alsbald in Reih und Glied hing. Vorsichtsmaßnahmen waren angezeigt! Selbst ein Objekt, dessen Anblick

2

ihn immer höchst vergnügt stimmte, zum Beispiel das Blatt mit den beiden Pong-Podesten, kam gegen die Macht des Generators nicht an.

Mittags hatte er kaum etwas angerührt, sogar auf seinen geliebten Kuchen zum Tee hatte er im Gedenken an den Freund verzichtet. Abends genügte ihm eine Scheibe trocken Brot, an dem er herumkaute wie ein Gefangener. Wehleidig sinnierte er vor sich hin, man habe ihn zu lebenslänglicher Gefangenschaft verurteilt, falls er je wieder freikäme, wäre er ein alter, gebrochener Mann, den jeglicher Mumm verlassen hatte. Sinnlos, an diesem Montag den Fernseher einzuschalten. Das Programm war die reinste Tortur.

Er probierte es mit dem Radio und geriet an ein Konzert mit neuer Musik. Das fiepte und quietschte und quengelte und rätschelte so vor sich hin, unterbrochen von seltenen Paukenschlägen, genau die richtige Musik für seine Stimmung. Der Empfang in den billigen Kopfhörern war natürlich schlecht und verzerrte die ohnehin schwierigen Töne zusätzlich. Trotzdem paßten sie haarscharf zu seiner Stimmung. Ein harmonisches Gewoge von Tönen, ein kreuzfideles Geigenzickzack hätte er jetzt schlecht vertragen. Aber in diese abgehackten Tonfolgen, erzeugt von seltsamen Instrumenten, in die geblasen, auf denen herumgezupft und -geklöpfelt und -gehauen wurde, lauschte er plötzlich mit einer Intensität hinein, als wäre es eine geheimnisvolle fremde Sprache, die es zu entschlüsseln galt. Manche Töne übersetzte er sich in Wörter – »pohhh!« ließ sich der eine oder andere Schlag vernehmen und gab damit zu verstehen, daß man sich über irgend etwas empörte, »ssussurabu« lispelte eine Tonfolge, die vielleicht ein geheimes Insektenalphabet rekapitulierte. Lauter Töne, von denen er nicht wußte, mit welchen Instrumenten sie erzeugt worden waren, dann wollte er so etwas wie »pee, pee« herausgehört haben und überlegte, ob das eine Kurzformel für Peenemünde war und ein geheimer Hinweis darauf, daß demnächst eine Rakete von dort startete. Seine Gedanken bildeten aber keine Ober- und Unterschwünge aus, sie flossen nicht dahin, richteten kein Gebäude auf. In seinem Kopf kreuzten vielmehr Gedankensplitter, die kurz aufleuchteten und sofort wieder erloschen.

Weil die Töne ihm zu denken gaben, weil er mit auffangsamen Ohren förmlich in sie hineinkroch und sich ein Patchwork aus lauter Bruchstücken daraus zurechtlegte, die alle nicht zueinanderpaßten, wurde er von seinem Kummer ein wenig abgelenkt. Wenig später schlief er sogar darüber ein, mit den Kopfhörern noch immer auf den Ohren, aber im Schlaf wandte er den Kopf hin und her, dabei wurden sie abgestreift und landeten zu guter Letzt neben dem Kopfkissen. Und Stimmchen ohne Volumen, die zu später Nachtstunde die Regie übernahmen und die nur noch aus der Entfernung an sein Gehör gelangten, knisterten in seine Träume hinein.

XIII

Über dem Dienstag lag eine dicke graue Suppe. Kein Sonnenstrahl. Kaum Vogelgezwitscher. Pong war so lustlos, daß er nicht glaubte, diesen Tag überstehen zu können. Die übliche Routine ließ er schweigend über sich ergehen. In das Frühstücksbrot biß er nur einmal hinein und ließ den Rest liegen.

Aber dann! Wurde die Tür unsanft aufgestoßen, zwei Pfleger schoben Malincrodt wieder herein und arretierten sein Bett am angestammten Platz. Jubel! Haushoher Jubel! Pong wäre am liebsten aus dem Bett gesprungen und hätte Malincrodt sanft auf die Nasenspitze geküßt. »Hallihallo, da bin ich wieder!« sagte Malincrodt mit schwacher Stimme, aber offensichtlich in deutlich besserem Zustand als dem, in welchem er das Zimmer verlassen hatte. »Was bin ich vielleicht froh, daß Sie wieder da sind«, sprudelte es aus Pong nur so heraus, »ich habe mir solche Sorgen um Sie gemacht.« »Sehr nett von Ihnen, alter Knabe«, sagte Malincrodt, »wirklich, sehr nett. Das muntert mich jetzt richtig auf. Ich freue mich übrigens auch, Sie wiederzusehen. Hab' noch mal Glück gehabt, es hätte auch schiefgehen können.«

Die Visite kam herein, der Oberarzt beglückwünschte Malincrodt, daß es ihm wieder besser gehe. Ganz gegen seine Gewohnheit mischte sich Pong ein und fragte streng: »Haben Sie auch wirklich alles Erdenkliche für ihn getan? Das darf nicht wieder vorkommen!« Der Oberarzt drehte sich verblüfft zu ihm herum und gab seine Antwort in ungewohnt langen Sätzen: »Ja, ich kann Ihnen versichern, das haben wir. Aber schön, daß Sie Anteil daran nehmen, was Ihrem Nachbarn zugestoßen ist. Hätte ich nicht von Ihnen erwartet. Sie beide sind bei uns in guten Händen, den besten Händen sogar, darauf gebe ich Ihnen mein Wort.« Pong zweifelte zwar insgeheim daran, daß diese Hände wirklich so gut waren, wie von ihnen behauptet wurde, zumal auf den Fingerrücken des Oberarztes schwarze Haare wuchsen, aber die Auskunft beruhigte ihn trotzdem.

Schön, schön, schön! Das Leben war herrlich. Auch wenn er den Freund nicht in die Arme schließen konnte, er gehörte jetzt ganz und gar ihm. Obwohl er unermeßlich viel auf dem Herzen hatte und auf seinen Freund gern ohne Punkt und Komma eingeschwatzt hätte, beherrschte sich Pong. Der Freund mußte ja erst wieder zu Kräften kommen. Rücksicht war geboten.

Sie blieben ein Weilchen still. Kurz darauf kam Jutilein herein und begrüßte Malincrodt mit den Worten: »Na, Ihnen geht's ja wieder!« Dann begann sie unter den Betten zu wischen, tauchte fast weg, so daß Pong sie nicht mehr sah. Urplötzlich tauchte sie wieder auf und sagte zu ihm: »Gorbi hat gestern eine Feder verloren. Ick schenk' sie Ihnen.« Dann langte sie in die Brusttasche ihres Kittels, holte eine gelbe Feder hervor und kitzelte Pong damit an der Nase.

Was für ein Tag! Ein lupenreiner Glückstag! Der ersehnte Freund wieder da, Jutilein bestens gelaunt. Pong frohlockte: »So gut habe ich mich schon lange nicht mehr gefühlt,

wirklich, das ist eine Ewigkeit her. Ich danke Ihnen! Wirklich, wirklich, sehr. Danke, danke, und nochmals danke.«

Als Jutilein wieder gegangen war, sagte Malincrodt: »Sie sind ja in ausgezeichneter Stimmung heute. Das freut mich. Ich kann keinen Trübsalbläser neben mir gebrauchen.« »Es ist eine solche Freude, Sie wiederzusehen«, sagte Pong, »ich habe mich schon regelrecht verlassen gefühlt.« Pong überlegte, ob er damit vielleicht zu weit gegangen war. Er durfte Malincrodt ja nicht mit seiner Liebe überrennen. Aber der schien sich keineswegs daran zu stören. Im Gegenteil. »Ich habe meiner Frau heute schon am Telefon gesagt, daß ich einen reizenden Bettnachbarn kennengelernt habe«, sagte er. »Sie ist gerade in Amerika, unsere Tochter besuchen, die in New York studiert, fliegt aber morgen zurück, obwohl ich ihr gesagt habe, daß sie sich nicht beeilen soll. Schließlich lebe ich ja noch. Meine Frau läßt Sie übrigens unbekannterweise herzlich grüßen.«

Pong zuckte zusammen. War das ein Schlag! Nicht nur eine Frau hatte der Freund, sondern, als wäre das nicht schon schlimm genug, obendrein noch eine Tochter. Pongs Befürchtungen hatten sich bewahrheitet. Er brachte nicht einmal die Höflichkeit auf, sich nach dem Befinden der Frau zu erkundigen, sondern sagte bloß »ahaaa« und verstummte.

Aus. Aus der Traum, daß der Freund allein ihm gehören würde. An Malincrodts berufliche Verpflichtungen hatte er sich ja bereits in Gedanken gewöhnt und sie ihm natürlich zugebilligt. Aber von der Frau wollte Pong nichts wissen, erst recht keine Grüße empfangen. Geschweige denn von irgendeiner Tochter, die in Amerika oder sonstwo studierte. Sollte die sich doch herumtreiben, wo der Pfeffer wuchs!

Ein schier unerträgliches Bild kam ihm vor Augen. Malincrodt saß mit seiner Frau gemütlich im Wohnzimmer, die Beine auf einen Hocker gelegt. Sie sahen sich *Monk* an, und Pong war nicht mehr als eine blasse Erinnerungsspur, die allmählich verschwand. Und er hörte Malincrodt zu seiner Frau sagen: »Ich habe die Sendung doch mal mit so einem Burschen gesehen. Wie hieß der noch gleich?« Und sie sagte: »Schatz, ich glaube, der hieß irgendwas mit Peh.«

Das schmerzte. Sehr sogar.

Nein, er weinte nicht. Obwohl ihm danach zumute war. Krampfhaft versuchte er sich abzulenken, horchte, ob draußen vielleicht ein Vogel zwitscherte, der ihn auf andere Gedanken bringen konnte. Aber da regte sich nichts. Er tappte wieder in der Finsternis umher, besann sich auf das Schicksalsrad, das zu Hause auf ihn wartete, versehen mit einem Rädchen anstelle des Steckens der Fortuna. Sein Schicksalsrad drehte sich nicht, es hatte nur gezuckt, ihn einen Moment lang glauben lassen, von jetzt an würde das Unterste zuoberst gekehrt, von jetzt an wäre er glücklich und würde einen Freund haben, der ihn im Leben begleitete. Vorbei, ein für allemal vorbei. Er würde für immer in dem einsamen Aushau steckenbleiben, von dem aus er in die Welt schaute, mit zitternder Spannkraft würde es ihn nach der Welt verlangen, in der die anderen Menschen lebten, zu der er aber keinen Zugang fand. Er würde auch keinen Frieden finden, niemals, nirgendwo. Sein Kopf würde sich immerzu mit Stimmengebraus füllen, das ihm den Freund ersetzen mußte. Er würde gehen, stundenlang gehen, um sein Verlangen nach der Welt herauszukeuchen, er, ein Meister der Selbstverschwendung, der sich ganz umsonst verschwendete. Sich in den schützenden Umrissen seiner selbst zu halten und dabei glücklich zu sein war ihm nicht gegeben. Pong hatte alles glasklar vor Augen. Tagelang würde er mit dem Freund reden und dabei dessen Part mitübernehmen. Aber das war kein wirkliches Glück, es war bloß ein mit hohem Aufwand betriebener Ersatz. Eine Hohlform des Glücks, keine erfüllte Form.

»Sie wirken auf einmal ein bißchen gedrückt«, sagte Malincrodt, »geht's Ihnen vielleicht nicht so gut?« »Ach, es geht schon wieder«, sagte Pong, »machen Sie sich bitte keine Sorgen um mich.« »Schade, daß wir heute abend nicht wieder *Monk* sehen können, es hätte mich richtig aufgemöbelt.« »Ja, das hätte es«, sagte Pong, »mich bestimmt auch. Aber morgen ist auch noch ein Abend, und übermorgen auch, und dann kehrt *Monk* wieder, und wir haben zusammen unseren Spaß.«

Pong sagte es mit tapferer Stimme, die kein bißchen zitterte. Es genügte, wenn er allein unglücklich war. Auf einen Freund mußte man Rücksicht nehmen. Einen Freund mußte man glücklich machen, glücklich und sonst nichts.

Verzeichnis der abgebildeten Objekte von Friedrich Meckseper

S. 14
Elektrischer Spiegel, 2010
mit Blattgold hinterlegter Spiegel, 46 x 35 cm

S. 19
Fanggerät, 2011
Kohlebürsten, Metall, 16 x 21 cm

S. 26
Zeitreste, 2012
Pergament, Messing, 14,5 x 9,3 cm

S. 35
Später Zustand, 2012
Pergament, Messing, 14,5 x 8,5 cm

S. 43
Glorreiche Podeste, 2012
Pergamentfragment, 10,5 x 18 cm

S. 50
Traumnot, 2012
Papiercollage, 22 x 13,6

S. 59
Alge, 2010
Pergament, Alge, Kompaßnadel, 13 x 18 cm

S. 66
Streichholz, 2012
Papiercollage, 12,8 x 7,5 cm

S. 71
Kopfüber, kopfunter, 2012
Papiercollage, 9,8 x 13,7 cm

S. 79
Malincrodts Haus, 2012
Collage auf Holz, 30,5 x 25 cm

S. 87
Buchgenerator, 2012
Pergament, verschiedene Metalle, 17 x 25,2 cm

S. 94
Ruhender Emitter, 2012
Zinkblech, Messing, Draht, 15,5 x 9,3 cm

S. 99
Mechanischer Kreis, 2010
Pergament, Messing, 8,5 x 11,4 cm

S. 107
Fragment, 2013
Zinkblech, Ziffernblattfragment, 4,4 x 9,3 cm

 Gesetzt in der Schrift Stempel Garamond. Gedruckt auf holzfreies Papier der Firma Cordier, Bad Dürkheim, vom Memminger MedienCentrum. Gebunden in Fadenheftung von der Buchbinderei Spinner, Ottersweier. Printed in Germany.
ISBN 978-3-458-19383-8